香格里拉
美麗新台灣

柳東南 著

香格里拉美麗新台灣　自序

三十年後，臺灣逐漸蛻變成爲一個香格里拉式的社會。臺灣人受不了那些愚蠢自私的政客，困擾多年，終於努力建立了人工智慧AI治國的理論與實際方法。民主制度雖好，但是問題也很多，造成臺灣社會對立分裂，停滯不前。聰明的臺灣人終於摸索出來了解決的方法。

這是一本佛系的小說，提醒臺灣人，今天的幸福生活是中國有史以來的最高境界，不要被眼前的亂象挫折了而感到悲哀。從歷史的長軸看起來，臺灣的大小剛好適合發育成爲天堂一般的香格里拉社會，大國反而無法辦到。人性在這裡自然成長，各種文化與宗教活動促成和諧社會，媽祖繞境提升臺灣人的善良情懷。

三十年後，時間成就了一個美麗的新中國，變化到了你認不出來的程度。新一代的中國青年成長加入世界。沒有人預料到時間會對技術和人類智慧產生如此大的影響。三十年後，回顧三十年前的今天，許多荒謬的事情看起來是非常絕對必要不能改變的，就好像民國初年政府要求禁止纏足，遭遇很多人反對，尤其是媽媽們。她們堅信沒有纏足的女兒將來嫁不到好人家。

海峽兩岸在言論自由方面剛好處於政治光譜上的兩個極端。作者實際上提供了解決一些主要問題的線索，這些問題可能會在未來幾十年困擾我們大多數人，就像現在世界許多其他地方困擾的那樣。

人工智慧AI進入政治領域，相當於瓦特發明蒸汽機，帶來了人類全新的世代與臺灣的個人民主，爲美國病態的民主帶來一線曙光。臺灣科技治國蔚爲風氣。以往許多被政客私欲掐死的決策與溝通問題，依靠人工智慧得到了解決，終於解開了這個死結。

沒有人能告訴中國領導人應該何去何從。最多也不過就是他的下屬對他警示迫在眉睫的危險而已。世界其他國家只會大聲指責中國領導，領導永遠不會聽，也聽不到。

這是一個新中國的藍圖。就GDP而言，算是非常低的投資金額，幾乎不必花錢。它不會得罪任何人。簡單易懂。

中國有很多問題。但誰沒有問題呢?中國在他們想要實現的目標方面有成功機會，儘管也許不是西方國家所期望的那樣。臺灣也有很多問題，好像走進了一個死胡同，找不到出路。看看作者提出的方法是否合理吧。與古老的中國歷朝歷代比較，臺灣實際上已經成爲海上蓬萊仙島。

第一冊是臺灣的故事，第二冊是中國與臺灣的互動，第三到第六冊是中國的主題故事。本書的章節裡面（B#）代表分開另外一個話題，因爲越說越遠，只好分列一個岔開的話題，B代表分支branch（岔開），或者咖啡時間，或喝茶時間（tea break），暫停。讀者可以儘量提出打岔話題的相關知識、論述、想法，作者可能採納作爲本書後續版本的題材。所謂喝茶時間的暫停，基本是毛教授暫停，要一杯紅酒，打開一個新的話匣子。

作者　柳東南
Email: shizhou384@gmail.com
FB：dongnan liu

目錄CONTENTS

第二部　台灣團圓

第三部　北大上海校區

第四部　醫療制度 223

第一部

豐收季節在台灣

第一章 畢業季，豐收季

時間是二零五五年。

臺北，日正當午。

夏季是畢業季。

從學院大樓到學校大門口，盛開的夏季花卉鋪滿了大道的兩邊。

劉傑盛手上拿著三年制短期大學畢業證書，食品工業與營養管理專業，另外還拿著公職手冊，一路向大門口走過去。他抬頭望著藍天，陽光燦爛。現在有文憑了，該找個工作，財務獨立，搬出父母家。

和父母在一起，冰箱裡總是有很多新鮮的食物，飯菜很好吃。媽媽一直在給他買新衣服。爸爸的豪車通常停在地下停車場，他幾乎隨時有車可用。問題是市區停車實在太麻煩。大多數臺灣父母不介意孩子留在家裡。傑盛可以永遠待在家裡，但他想搬出去擁有自己的公寓。他想要有自由。

傑盛同齡的男生，大部分都長得不難看，但是肌肉型的很少。臺灣男人和中國大陸北方人不同，個子比較矮，比較文雅，外表不夠陽剛。一百年沒有戰爭的和平時代，生活太容易了，年輕人傾向於避開任何困難的工作。傑盛的叔叔是一名軍人，他說過：「要變成一個眞的男人，需要經過磨煉，經過寒冷的天氣。你們沒有機會。這是一個物資豐裕的時代。」傑盛出生的這一代，生活輕鬆愉快，沒有競爭，沒有辛苦工作。冬天很少低於十度。年輕人找工作的三個標準：錢多、事少、離家近。他們通常跟父母住一起很多年。

年輕人很少加入陸軍，很少加入海軍，很少加入空軍。空軍的飛機幾乎比駕駛員多。從軍通常不是他們的選項。

歷史教授說，這是一個豐裕的季節，富裕的年代。中國歷史上前一個富裕時代是漢唐盛世，距離今天大約一千到兩千年前。教授說，戰爭的年代，大家努力互相殺伐的年代，已經久遠了。大範圍的饑荒與乾旱，不會再來了。一般人各種營養美食的選擇比以前的皇帝還多。如果你有興趣，網上有幾百種的各種門派養生學說教你怎麼追求健康長壽。

兩千多年前，秦始皇巡遊四方尋找長生不老藥。後世的皇帝靠宮廷御醫開的藥方，維持健康的生活。今天，電視上總是有五、六個受歡迎的節目詳細介紹保持健康的各種方法，還有數十種雜誌和報紙專欄爭取讀者的注意力。各類保健食品，觸手可及的網路平臺，還送貨上門。平均預期壽命延長至歷史新高。臺灣的文明進入了一個豐收季節。

整個社會是富裕的。當你畢業的時候，你的眼睛明亮，皮膚緊致，充滿能量，心胸開闊，接受各種思想與愛情。男生女生都能吃飽，勝過歷史上任何一個時代。所以他們跟上一代的人比，自然長得高，長得好看，比較聰明。人性與博愛在臺灣像雨後春草一樣的普及社會各階層，你隨時感受到周圍的人願意幫助你，所以有幸福感與安全感。

臺灣人很善良眞誠，外國遊客來了都不想走。各種吃的都不貴。餐廳和路邊攤販在晚餐時間後幾個小時還開著。卽使在小城鎭，街頭便利店也二十四小時營業。一杯咖啡或一頓微波爐熱食很便宜，所以他們總是生意很好。不貴的全民健保幾乎覆蓋了所有人，而且服務很好。任何人有需要的時候，宗教團體或政府都能提供社會福利援助。中華傳統文明理想在這裡實現了，如《禮記》所述：「大道之行也，天下爲公，選賢與能，講信修睦。」（B1）孔子之後兩千五百年，人性首次出現豐收。僅僅只不過因爲一百年沒有戰爭，而且食物豐盛。另外也因爲大部分公務人員具有儒家思想觀念。

B1：在臺灣已經實現（或幾乎已經實現），而在中國，這是一種遙遠的可能性。

林家臻在大門口等他，一起去慶祝他的畢業。她很漂亮，很聰明，感覺好像是一朵玫瑰花。傑盛望著走過來的一群群女同學的迷人美腿。亞熱帶氣候炎熱，一年裡面大部分時間她們都穿很短的裙子。他不知道今天巧美是不是也穿短裙。

感謝老天爺，三年的大學過得很順利，有收穫。他努力讀書，都沒浪費。大部分教授很客氣，很幫忙。他獲得好成績，沒有經過太多挫折。跟家臻見面是最甜蜜的部分。她在他乾澀的成長過程中，大學的歲月，給他鼓勵，給他滋潤。她並不急著要求他對她忠貞不二。傑盛喜歡跟家臻在一起。也不是忠貞。其實他只是不想三心二意，因爲他已經很滿意了。

「嗨，家臻，讓你久等了」

「沒有啊，我剛到。畢業典禮情況如何？」

「無聊的。你想還能期待什麼？」

他們牽手走進一家牛排館。傑盛估計，午飯後，他們會去碧潭附近的情人酒店來一頓眞正的大餐。他有點迫不及待。家臻好像是臺灣最甜蜜的水果。非常的甜。

第二章　水果當做餐後甜點

臺灣有些水果非常甜，可以直接當做餐後甜點，不需要加巧克力或奶油或糖。每種水果甜味非常不一樣，都非常的甜。因爲太甜，醫生都要警告某些病人不能多吃。隨便說幾個，葡萄、鳳梨、香蕉、當做餐後甜點，實在夠了。因爲它們當做餐後甜點，令人非常滿足，吃飽了，離開餐桌前，用甜點結束一頓飯，有愉快滿足感。

甜點對緊張的人有安撫的效果，臺灣的水果很有效。超甜的水果是臺灣果農的一項重大成就。

傑盛有個哥們，白炳勝，他說，沒有兩種水果的甜味是一樣的。炳勝喜歡每週換不一樣的炮友。每個女生的味道都不一樣。這個混蛋小子把迷人的水果比作美女。釋迦果的甜味可以在齒頰留香幾小時，逐漸深入喉嚨。荔枝外皮撥開的時候讓你張開嘴巴流口水，好像女生褪下褲子。水果店怎麼總是有那麼多甜蜜的水果啊。

蘋果是一位高貴拘謹的美麗女士。你不可能跟她亂來。保持清醒，期待每咬一口的甜蜜果汁。最佳吃法是去皮，切成片或切丁。聽說對健康特別好。自古以來，智者把蘋果列爲日常主要食物。

熟透了的香蕉很香很甜。等香蕉皮出現黑點，你需要有一點耐心。每一段熟透的香蕉都把你引入甜蜜之旅，甜得有點不正經。有點像小男生淪陷到阿姨的罪惡甜蜜經驗裡面。就是所謂的成熟女人。

鳳梨把亞熱帶的刺激果酸味加在重量級甜味裡面，你會刻骨銘心。那個重擊式的尖銳甜酸享受讓人久久不忘。

葡萄柚的味道，大部分老饕都吃不消，酸味帶著甜味跑，帶著你跑去老遠老遠。葡萄柚每咬一口感覺，基本就是烈酒的一個烈字。

葡萄呢，哎呀葡萄呢，葡萄的高級香味甜味，據說，誰也比不上。對呀你不要忘記，每一種甜水果的香味也是要說清楚的。炳勝這麼說。看起來他還是清醒的。

水蜜桃曾經是天上才有的，根據古代小說西遊記，美猴王孫悟空把天庭花園桃樹上的水蜜桃都偷吃掉了。他根本無法抗拒。第一口咬下去，你就會明白爲什麼它是天堂般甜美的水蜜香味——它將你的靈魂帶向天堂。它不是糖的甜，也不是蜂蜜的甜。這是一種特殊的水蜜香甜味，你不會想稱之爲「甜」。這根本是天堂的感覺。

臺灣有名的農委會協助果農改善銷售方式，改善種植技巧，也應該把水果的美味與中國傳統美女的吸引力比較一下吧。如果你要問我的話，炳勝說，每一種水果總能讓我挑選一些代表的美女圖片來推銷。女權主義者會不會把你打死啊？不會，不會，不會。水果的享受與滿足是大自然的設計。女生比男生更喜歡水果的味道。她們會同意的。

第三章　競選公職

傑盛望著躺在他身邊的家臻，看來很享受瘋狂的愛情。他想起來還有一本小冊子。投入公職？他不合適吧。反正小冊子還在包裡。不急著扔掉，暫時不急。那個小冊子有一些表格要塡寫。需要集中精神看看。這本小冊子等於是一個投入公職的邀請函。

如果他把小冊子塡寫完成交給中選會，他的資料會成爲永久保密檔案，跟國內其他五十幾萬大專畢業生一起保存。如果他決定參加競選公職，他必須提早兩年提出申請驗證檔案，是否合格參選。然後如果合格，他每個月可以收到三千元補助，參加十五小時的課程，閱讀政府事務管理培訓資料，然後通過一次考試。總共有十個課目，十次考試，成績保存在他的永久檔案中。考不到七十分就不給錢。

這個培訓可以確保他熟悉政府行政，到某一個水準爲止。他還必須要參加幾次辯論，內容也會保存在檔案中。每個課目結尾時都鼓勵他提出自己的論述或理論，任何論述文章或理論，無論是否公開過，都會存檔。然後，如果他想參選公職，包括競選總統在內，他必須正式宣佈參加競選，與其他候選人一起競爭。然後他要交健康證明。十個主題中的最後一個包括了有關於個性猶豫不決和自私自利的討論，這些問題在他面臨重大決策時可能是致命傷。第十個考試的測試結果將包含在他的健康證明中。

如果他沒有交出他的公職競選小冊子，等於放棄了競選公職的機會。傑盛的公民課教授毛敬福，每個月有二小時的課，讓學生瞭解公民課內容。他教的主要內容大致如下。

（B#編號代表是一個分岔的話題，作者很高興邀請您發電子郵件到下列郵箱，說明您對B#主題的想法。郵箱：shizhou384@gmail.com）或者FB：dongnan liu.

第四章　毛教授的公民課

毛教授說，政府維持三十五歲到五十五歲之間合格總統候選人，總共三十萬人到五十萬人之間的一個公務員人才庫。總統選舉日之前六週，進行電腦確認全部候選人狀態是否確定參選，然後進行抽籤，選出十五個候選人，跟彩票抽獎的過程類似，然後電腦驗證他們培訓期間的十次考試記錄。九十分爲考試及格。不合格者自動淘汰，電腦自動補足人數。大部分不合格者都是因爲有刑事犯罪記錄，或十次測驗不及格，或健康因素被刷掉。或者就是電話根本聯絡不上。

十次測驗的內容涵蓋了國際政治、戰時管理、經濟政策、國家發展規劃等範圍。

抽籤選定十五位候選人後二十四小時內通知本人，本人三日內必須決定宣佈參加競選，而且不認識其他的中簽人。然後開始四週（競選月）之內做十二次次演講，內容涵蓋自選的大部分公共事務主題，這些演講的內容在第一次電腦確認決定的時候就必須對中選會提出並且收錄，如果後續要修改也必須收錄。競選月的四週只能做最後的修飾，然後依照候選人自己選擇的順序，在網上公佈。如果與以前公佈的內容有重大改變需要說明。修改次數太多會被標記。

競選月的四週時間以內，候選人必須在辯論場內回答各種同意或反對他（她）的意見，並且與別的候選人辯論。

這十五位候選人必須關在一個闉場內的舒適裝修的小房間內，競選月的四週內與社會大眾以及網路完全隔離，除了參加公開的辯論場以外，互相不得溝通。每當候選人某一個演講定稿，立刻交給中選會，立刻對公眾與媒體公佈。總統的工作是依照AI的規定實現目標，達成任務，所以必須說明，優先任務如何達成？

一、瞭解了優先順序之後，您打算如何實現優先目標？
二、國家優先事項的人工智慧決策存在哪些問題？
三、是否有AI提供的優先順序未涵蓋的問題？

法律規定，所有合格投票權人至少有三次半天的投票假，可以自己決定暫停工作，進入辦公室內的電視辯論房間，觀看候選人演講，提出他們自己的意見。他們也可以查閱候選人的個人檔案，聽候選人演講，決定投給誰。候選人對每一個公共議題的論述附帶了候選人的彩色照片與視頻。外表好看的候選人自然能吸引比較多的票，但是統計數字顯示，最近幾年投票權人對漂亮面孔的信心有些下降。投票的時候，並不是所有的人都熟悉相關資訊，所以辯論場平臺儲備了候選人認可的短視頻或演講稿，幫助投票人做決定。還有遠距離諮詢可以對投票權人提供問題討論。

既然總統候選人不是政黨推舉的，候選人的造勢大會就消失了。公共利益團體爲特定議題主辦的辯論場地不得超過五十人，網路辯論可以儘量採取電視廣播方式。二十年前就有立法，禁止露天大型造勢大會。法律明文規定，任何類似希特勒式的群眾情緒動員在禁止之列。現在的遊戲規則是鼓勵群眾訴諸理性思考。法律規定，除了公開辯論時間以外，不鼓勵投票人影響其他人的投票決定。大眾經歷過了納粹黨與文化大革命災難帶來的教訓，他們當然可以再前進一步，把所有政黨都拆散。民主政治中，集體政治行爲對個人來說，從來就沒好處。

四周結束後，開始投票。因爲自動化，投票變得非常容易。

第一輪選舉投票結束，得票過半數的候選人當選總統，依照得票數，後面四位當選爲副總統。

如果沒有候選人獲得過半數的票，七日內再舉行得票數最高的五位候選人第二輪投票。這是候選人第二次投票之前唯一能互相聯繫互相認識的機會。這七天他們可以參加辯論場，公開宣佈互相支援。

第二輪投票結束後，過半數得票人當選成爲國家總統，其餘四人全部當選爲副總統。重大決策以多數決爲原則，但是根據總統辦公室規定，某些範圍仍然是總統做最後決定。總統指定副總統各負擔不同的職掌，譬如第一副總統掌管國防、災難、國安，瘟疫方面的決策由他全權決定。預算、稅賦、福利歸第二副總統掌管。他們的決定需要國會通過才變

成國家政策。（B2）

B2：實際上，國會圖書館擁有完善的政見決策和立案，因此國會很容易在副總統提出決策之前就提前決定什麼是對什麼是錯。

第二輪投票結束後，如果仍然沒有得票過半數的候選人勝出，七日內必須進行第三次投票，只有得票最高的二人競選。此時無論勝者是否得票過半數，得票高者當選總統。其餘全部當選爲副總統。總統副總統任期四年，全部都可以參加下次的競選，作爲第十六到二十位候選人。連選得連任，一次爲限。總統職位因故出缺的時候，依順序票數次高的副總統代理行使總統職權。選舉日程綱要如下：

綱要

選舉時間表：

0.公職小冊子交存

一、提前二年申請驗證

二、開始每月領三千新臺幣（十五小時學習＋測驗）×10

三、聲明加入競選＋健康證明＝候選人總數三十到五十萬人
四、選舉季開始前一個月——確認合格候選人——手動抽籤＝十五名幸運最終候選人
五、十五名候選人在三天內宣佈參加比賽
六、四周內就公開話題發表十二場演講，這些演講是他們在宣佈參加選舉抽籤前準備的。在這四週期間，十五名候選人與選民辯論並留在隔離的小房間裡
七、選舉——在四周結束時投票
八、沒有一個超過半數＝前五名在七天內進入第二輪
九、過半數出現——一位總統＋四位副總統
十、第二輪未出現過半數——七天第三輪，前二名競選——獲勝者成爲總統

日程：

公職小冊子存入十二年培訓＋參加抽籤

第0周：抽籤

第一周：十五名候選人宣佈參加比賽

第二周，演講

第三周，演講

第四周，演講
第五周，演講
第六周，投票——1＋4
第七周，第2輪——1＋4
第八周，第3輪——1＋4

經驗豐富的立法委員、議員、政府官員等人，如果想參選總統，一律參加抽籤，沒有例外。但是他們對公共行政的貢獻，包括論述與電視訪談，可以收錄到圖書館部的政府智庫裡面。（B3）

B3：感謝上帝，早期民選官員的經驗有詳細記錄，而經驗不足的新任民選官員尋求建議時，很容易獲得這些記錄。

選舉立法委員、縣市議員、縣市長的過程，也是從同一個公務員人才庫抽籤決定，只不過各種規定比較寬鬆，十次考試八十分及格，所以抽籤入圍人數比較多，投票人有比較多的選擇。一個重大的規定必須遵守：候選人必須是本地人，戶籍登記各項活動必須在本地至少滿二年。新遷入者，每個月一次，戶籍登記處的人員會過來打招呼。家人、子女、

都必須在本地，否則會被質疑是否瞭解本地情況。電腦抽籤的時候只有本地人才會被抽到。

本地人戶籍註冊未滿二年者，無投票權。（B4）

B4：選民如果對家鄉瞭解不夠，如果只在他人的影響下投票，不可參加以投票。如果你沒有意見，不要投票。你可以幫助實現決策過程和結果時，才可以投票。

各種立法法案培養學術研究團體與論壇、各種專題討論都有電腦存檔，範圍從對外國宣戰的外交決策到取消某一條馬路旁邊的停車紅線，每一個話題都有記錄，可以立即驗證，提供諮詢，中英文雙語存檔。各大學科系與私人研究機構如果完全獨立推動論壇討論，經過認證，可以獲得政府小額預算獎勵金。

創制與複決過程都已經電腦自動化，每天可以進行好幾次投票。政府遵行投票結果，有一個時間的滯後，給公務員足夠保持行政連續性的空間。

各級學校的學生撰寫公共意見立案（POE）研究報告論文將可得到學校鼓勵。當他們論文被教授接受時，可獲得小額獎勵。然後，報告將被列入圖書館部的論文庫，當圖書館部的專門委員會對報告進行評估並在公共意見立案中採納時，將額外獲得一筆可觀的獎金，依照採納的程度決定。（B5）博士論文和碩士論文均須經過「協力廠商用戶」背書。如果沒有人使用研究報告，則不授予學位。在所有檔中，博士碩士學位都進行了分類並用五位數字表示。學生們二十年後都會變成社會各階層的決策者或貢獻者，所以他們的研究報告對社會進步非常有貢獻。

B5：幾十年前大多數學生的報告和論文都很糟糕而且毫無意義，幾乎完全是在浪費時間和資源。對國家社會形成一種負擔。

第五章　不鼓勵政黨存在

毛教授的PPT幻燈片展示了國民黨和民進黨黨員證章和黨證的歷史照片，那是台灣的個人民主出現之前若干年，台灣的政黨歷史。這是一個無聊的十五分鐘。大多數學生沒有注意聽。傑盛只記得教授說的，一堆人聚集在一起爲利益而打拼的事情。它涉及大筆的金錢，比從商的錢多很多，風險少。傑盛告訴家臻，他的父親有一段時間加入國民黨。

「你父親爲什麼加入國民黨？」

「我不知道。他告訴我他一段時間後離開了國民黨，因爲他覺得加入國民黨毫無意義。入黨不知道爲了什麼，無非叫你按照黨中央告訴你投票給誰。」

傑盛的父親告訴他，這些黨根本與人民的利益無關。後來他父親離開國民黨加入民進黨，卻發現情況更糟。整個臺灣出現了精神分裂的政治局面，沒完沒了的破口大罵與聲嘶力竭的攻擊撕裂。但是，自從兩黨政治變成許多小黨或啤酒黨以後，兩黨的殊死鬥爭消失了，臺灣人的愛心取而代之，整個國家與社會一片祥和溫暖，凡事都可以好好商量，順順的進行。

今天，候選人參與任何政黨，受到強力限制，而且必須在個人檔案裡面詳細記載整個參與過程，對公衆公開。候選人受到鼓勵，保持獨立狀況，與其他黨派保持距離，不參加任何政黨。政黨式的民主制度一再被證明是有害的一種人類發明，就好像歷史上二十世紀與二十一世紀上半的很多共產主義或法西斯主義的情況差不多。

投票人的心智，須要完全啟發，完全獲得全部資訊，以個人判斷選擇投票，而不是集體行為決定投票。過去美國的政黨式民主制度，各州最佳的選舉結果，根據統計資料證明，不會比擲銅板決定好多少。所有政黨領袖從事公職多年，大半輩子都在學習怎麼樣才夠奸詐，才不會被對手幹掉，反而不是積累公共行政經驗比較多。他們的心思只有不到5%用在思索如何改善這個國家。群衆必須受教育，瞭解歷史，才知道美國民主非常低能。

政黨政治是人類一大錯誤發明。它等於把軍閥混戰延長幾百年，只不過比較少殺人。大衆沒完沒了的參與選戰，罷免，只不過爲了把一個簡單的決策過程推上正確的方向，浪費太多的時間與金錢。大部分時間這個決策過程沒有上軌道，儘管所謂民主制度一直在運轉。大家拼死拼活爲了決定一個爛蘋果比另外一個好，而不是政策方向對錯。

成熟的民主制度之下，政治逐漸下降到個人民主政治的層次。政治的定義改變了。電腦運算取代省卻了全部的麻煩過程。人工智慧得到廣泛使用。全部過程也不過就是運算而已。政府官員如果沒有能夠找出足夠的電腦運算結果並且遵行，很快就會被踢出去。

禁止忠誠

歷史上，政黨式民主從來都無法透明操作。許多國會議員涉入貪汙醜聞，被開除公職，以後一輩子貼上標籤，記錄他們犯罪。這些人幾乎都使用到他們在政黨裡面的影響力。超級大公司與財團總是跟政黨掛鉤，所以他們必須對政府陳報遊說預算金額的細節，對公眾公開，其政治意向收到監督。

美國文學史上有名的作家艾默生（1803-1882）（Ralph W. Emerson）一直反對集體行動。愛默生認爲奴隸應該被解放。但他沒有積極參與反奴隸制運動。他所有關於個人的信念，都反對集體行動的想法——甚至反對奴隸制的集體行動，他都反對。（B6）

B6：愛默生（R.W. Emerson）反對任何形式的集體行動，連他支持的反奴隸運動也不例外。他只是相信所有的集體行爲都是邪惡的。

議員對所屬政黨的服從非常不利於法律公正，對民主的原則造成重大貶損，所以有立法規定，限制政黨不得影響其黨員，尤其是政黨執政的時候。事實證明，政黨政治總是包庇政府官員進行許多罪惡活動。政府官員或公務員努力儘量少做事情，以至於各種創新計畫都是議員想從政府預算謀利而提議推動的。現在的政府中，公共政見經過電腦高度精確的分類分析，所以政府預算依法必須符合電腦運算的結果。

舉例，臺灣二十年前各種發電廠的選擇過程經過詳細計算，證明了核能發電是痛苦而無法避免的選擇，爲了減少空氣污染與碳排放。但是熱心的社會群體拼命阻止核能發電廠，結果發展成控告這些社群領袖的法律訴訟，才結束這個衝突。法院判決的根據就是AI計算的結果，顯示國家需要的發電的方式。法律規定AI的計算結果政府必須接受。法院只能依法判決。

臺灣的公路上每年車禍死亡幾千人，全世界每年車禍死亡幾十萬人，不能因爲車禍而禁止開汽車。核電也是如此的問題，隨著技術的進步，核電的危險性下降到了比飛機更安全的程度。

各級政府公務員與候選人都必須保持政治態度的透明，凡是參加政黨活動都必須誠實公佈，卽使只參加「啤酒黨」等非正式組織也需要誠實公佈。參加任何未登記的政治組織，從事目的不明的政治活動（或地下活動）而未誠實申報，都可能被起訴。臨時或永久加入任何政治組織，團結形成勢力以達成政治目的，而未對政府登記，通常被認爲是非法的。政府人工智慧辦公室確保每個加入任何團體或政黨的人，被抽籤中了參加選舉時，都應申報所有記錄。

爭取財政預算

社會團體或機構提出的計畫案，執行所需的政府預算出現互相競爭，是一個常見的問題。優先順序總是可以辯論的。有些計畫案附帶了優先順序的分析，也就是說如果本案現在不做，再過五年或十年，付出代價會高很多，等等。這樣一來，公衆與政府單位就很清楚決策時候的各種選擇。

二十年前，地方性的社會團體無法爭取資金，因為中央政府根本不理他們的請求或提議。今天法律明文規定，各級政府必須遵行創制複決與人工智慧的決定。政府公務員如果試圖改變或規避這些決定會被以刑事犯罪起訴。

很自然的，如果全部其他條件相等，能夠自動產生資金的計畫案，能夠產生足夠的資金維持本身的運作的計畫案，比完全要政府支持的計畫案優先取得政府支持，電腦會自動判定。但是如果自動產生利潤的金額超過本身需要的，如果其他條件相等，不一定能取得優先資金支援。

第六章　國家發展策略（白皮書）

毛教授以開創政府產業戰略而聞名於臺灣。傑盛記得在他的課堂上有一個關於工業發展的討論。毛教授同時也介紹了公共意見立案（POE, public opinion establishment）的概念。臺灣是一個土地、自然資源和勞動力非常有限的島嶼。因此，國家選擇發展污染可控、污染較少、只需要訓練有素的高素質人才的高科技。這是國家發展策略的確立，需要高階層政府人員研究探討，結合各利益相關方共同公開討論。一旦確立了，所有政府政策都會依照此策略來擬定。

另一個公衆意見的基本建立是核能發電。考慮到碳排放造成的空氣污染代價太大、碳排放造成出口困難等因素，推動公開討論，融合民意，做出艱難的決定，最終達成民意共識，即臺灣不能廢除核電，最佳組合爲使用50到60%的核能發電，加上其他能源，以產生足夠的電力來支援高科技產業。

每項政策都是基於學術界領袖、專家、利益相關者和公衆討論後形成的一些公衆意見。這叫做公共意見的立案（POE）。它每天都在進行，在反對黨之間，在不同的電腦軟體團隊之間，一天二十四小時，探索最終的眞相，直到公共意見建立起來。確立的公共意見往往表現出一定比例的不同意見，爲總統和其他政府領導人履行職責指明了方向。

政府宣佈一個公共議題成立的時候，議題製作成爲一個公衆容易參與的方式，你只需要做選擇題，或提出意見。當各方意見匯入，電腦自動把意見分類，每個分類取一個名字，把分類名稱發回去給提案的人，確認名稱。電腦很快計算出結果，列出各個推理步驟，最後修整完畢後十五天公共意見就算確定。互聯網上面隨時可以查閱全部過程。

歷史上早年的公共意見由掌權者或政府少部分官員撰寫，上級批准以後對外公佈，稱爲白皮書，黃皮書、紅皮書或藍皮書等等的名字。現在這個現象被制度化了，被電腦計算清楚了，正式登錄成爲永久檔案了，成爲活的檔案，不斷在演化，不斷有人提供新的修正。

二十年前通過了一條法律，對政治意見確立的自由予以規範。每個人有一個手機號碼，而且只有一個，作爲驗證用。意見確立的全部過程都予以記錄。大衆傳播媒體可以推行他們自己的意見調查，內容不斷的與政府的政治意見確認中心自動驗證。任何一條意見最後確認，如果有差異，應該在社會群體內協調。

電腦公告板以贊成反對的意見占人口百分比顯示意見的現狀。多數和少數都顯示出來，成爲一個公共意見立案。該類別涵蓋永久性主題或技術性主題，經過電腦計算後比較穩定，主要是基本的基礎性問題，不易波動。例如：國家工業規劃、環境保護規劃、農業規劃、發電規劃、國防發展規劃等。政府官員應當尊重公決，並作出必要的決定。（B7）

B7：公共意見立案細節：POE幫助每一位公民掌握社會動態與國家的方向，上網你全部都能看到。

網軍

網軍確定成爲非法活動。雇用網軍的人或受雇的人都要嚴厲處罰，喪失一段時間的網路發言權，最高可判刑二十年。非法影響公共意見與叛國罪類似。如果一個國家與另外一個國家交戰，散佈假消息可能造成致命結果。網上任何匿名發言必要的時候都完全可以追溯，員警瞬間就能找到發言者，這樣才能夠保證守法的公民生存環境是安全的。就好像有人在河流的上游投毒，下游必須能夠立刻循線向上游抓到投毒者。網軍，或水軍，早年稱爲黑社會或幫派，沒有什麼理由不應該或不能完全消滅。

政治的定義

毛教授說，政治包括兩部分：

第一部分：好人和壞人

當您應該識別所有壞人並與他們作鬥爭時，您應該支持好人。任何人都不應該批評你心中的好人，否則這個人也是壞人，必須下地獄。

所以，我們熟悉中國的毛澤東時期。他指導並命令全中國人民反對「右派份子」、「反革命份子」、「蘇修份子」等。好人是服從毛澤東的軍人、農民和工人。德國的希特勒稱所有外國人和猶太人都是壞人。納粹追隨者是好人。所以，從天亮到日落，唯一的事情就是和其他人鬥爭，鬥死鬥活。

川普總統稱所有支持他的人是美國的榮耀和榮譽，而所有投票給民主黨的人都應該爲當今美國的所有麻煩和問題負責。因此，政治的定義第一部分包括好人和壞人。

第二部分：正確的事情和錯誤的事情

臺灣要取消死刑嗎？對與錯。

社會和法律應該承認同性婚姻嗎？對與錯。

我們要不要建造更多的核電站？對與錯。

政府應該爲那些買不起房的人建造足夠的房子嗎？對與錯。

我們要保持更大的軍事實力嗎？對與錯。

毛教授說，經過三十年的啟蒙，臺灣人逐漸熟悉了在人工智慧的協助下電腦化的第二部分。對錯問題的答案每天都在政府公報上明示和呈現，每天都在修改以顯示現狀，隨時準備接受任何有疑問的人的挑戰。所有政公務員都確切地知道該做什麼以及如何做。當政府官員啟動一項重要計畫時，專案報告會準確記錄年月日，以及該小時和分鐘的政府公報狀態。

所以，現在不存在好人壞人之爭。因此第一部分消失了。政治變得更容易。人民投票選出來的公務員沒有好壞，萬一某個公務員出現大幅度的邪惡或愚蠢行爲，違背了政府公報的規定，他的影響範圍很小，很容易被開除。甚至小範圍內的不忠或錯誤都會立刻被糾正。新聞媒體找不到足夠的醜聞題材，因爲政府施政全部都在公報上面，只能報導小部分工作不力的公務員或現實情況與電腦計算有誤差的部分。（B8）因爲公務員失職帶來的批評謾罵大幅度減少，政壇逐漸變得很祥和輕鬆。

B8：POE爲政府公務員的工作提供了極大幫助。該做的與不該做的非常清楚，一目了然。

二十年前圖書館部成立，巨大的政府公告版顯示了在特定時間範圍內應該做什麼，以及由誰來做。在此之前全國人民與政府人員都是在黑暗中摸索，每次選舉投票都是一個痛苦的樂透開獎過程，當選的人面對全國幾乎有一半的人反對他，他不知道怎麼帶領國家，往哪個方向前進。

圖書館部

圖書館部由下列各署組成：

一、公共政治意見署（政見署）

二、公共工程署（工程署）

三、人工智慧研發與檔案管理署

四、世界圖書館

五、PAMI（見第八章）（B9）

B9：圖書館部應該包括更多部門，幾乎任何人都能提出幾個圖書館部應該有的職能。

二十年前這個國家全部公民大致分爲三部分：一、民代議員及其謀利組織，二、政府官員，努力少做事，避免退休金拿不到，三、無辜百姓，被政黨政治犧牲的人群。今天第一種人幾乎完全消失。第二種人，政府官員，工作比較愉快，因爲他們能夠證明他們能力出衆，無需擔心風險，反而因爲創新工作成績獲得肯定。

公共政見的確立，讓政府官員的工作變得很輕鬆——人民要他們做什麼，就做什麼，不怕得罪誰。政府公告牌上每天都有公告。不必擔心選舉快到了，需要選邊站隊了。臺灣人一度被自己聰明狡詐的美式民主制度打敗，現在他們從新創造了民主制度。

傑盛正在喝一杯啤酒。炳勝加入了他的行列。

「嗨，傑盛！」

「最近的情況如何？」炳勝問道。

「你是說墮胎立法？」傑盛低頭看手機。「65%支持母親自由選擇，35%反對，包括6%絕對反對墮胎，卽使懷孕是由犯罪引起的。」

「臺灣人一直都是這樣。」炳勝不太熱衷於注意這些數字，但他最近爲一位可能懷孕的女朋友煩惱。

「軍訓呢？」

傑盛又看了看他的手機。「每年二周訓練如何操作全自動防禦系統的操練，包含二十四至六十歲的男女，還有十八至二十四歲的年輕人服役十二個月，很快將在下個月確認並宣佈。」

第七章　品德第一

「在人類歷史上，有德行的領袖是很少見的。有權治理國家的，總是皇帝、國王或英雄，他們通過戰爭或屠殺或欺騙和動員群衆獲得了國家的控制權。直到今天都是如此。喬治華盛頓是一個罕見的例外。」毛教授用實事求是的語氣說話。

公職人員任職第一條件必須保證是品德良好。不誠實的人格必須用電腦軟體與高級心裡分析做測試，並偵測出來。公職人員信念與主張的改變都有記錄，妥善保存，就好像血型與指紋一樣。現在的情況比二十年前大幅度改善了，當時大部分民選的公職人員都直接或間接貪汙，只有少數例外，依照貪汙的定義而有所不同。這個國家一度是貪汙官員治理的，有帶領國家到沉淪毀滅的風險境地。爲了維持執政，他們什麼事情都幹得出來，但是不去解決問題。

有品德的人不一定是公共行政能力最出色的。但是具有良好品德的候選人，任內把政績做成功的平均比率還是比較高。企業領袖以其靈活性和決策能力而著稱，但只有「乾淨」的企業領袖才有資格擔任公職。那些與刑事法庭扯不清的人，例如川普總統，通常在電腦選擇期間被跳過。在今天的臺灣民主中，誠實重於能力，因爲候選人要做的決定很少，大多數決定已經由人工智慧提供。候選人要做的是執行這些決定。（B10）

B10：以往的重大決定都是由一些不夠聰明也不夠德行的人做出來的。今天它將由人工智慧做決策。

候選人最好能詳細說明他們跟宗教團體的關係，這個部分在抽籤之前上課培訓的時候就知道了。在宗教團體接受有關誠實的深刻修煉的記錄通常是有幫助的，而且在他們個人檔案中詳細記錄。候選人有精神方面的修煉與靈性的啟發，低階層的欲望比較容易控制，不會容易墜入犯罪與貪瀆的漩渦。

第八章　公共事務經營智慧PAMI

公共事務管理智慧，PAMI, public affairs management intelligence指的是用人工智慧的方法管理公共工程計畫，從公共工程計畫成型一直到執行與監督。該理念源於一九五八年美軍研發工程的PERT技能，近年來通過軟體發展和人工智慧研究工作得到了廣泛的改進。臺灣人修改它，控制台灣的公共工程項目，以利用軟體的強大力量來解決美式民主造成的嚴重問題。這一門學問的主要內容包括下列各項：

一、提出計畫

二、研究與定義

三、公共辯論與修正

四、公眾同意

五、國家預算優先順序

六、執行與監督（B11）

B11：PAMI 對新的個人民主很重要，原因有很多。個人民主起源於無黨無派的個人，他們在選舉中沒有偏

好的候選人，因爲所有的蘋果都是爛的，或者因爲沒啥興趣投票。後來他們決定，他們需要詳細分析國家政策以及如何爲國家智慧做出貢獻，所以他們需要一個管理決策，而這個決策反過來又需要對可用資源進行徹底的分析，並進行實際的比較和組合。於是早期的PERT技能被用來做這項工作，最後AI發揮了作用，PAMI技能逐漸建立，並且用於個人做決定，個人只需線上查看一些主題即可。這是個人民主的大部分內容。

在新的民主制度下，如果我們只談政府應該執行哪些計畫，撥出哪些預算，整個政壇只限於研究哪些計畫應該由政府出資，金額是否合理，所以應該沒有意識形態的爭論。所有的計畫都經過PAMI的清理，所以沒什麼可談，除了PAMI的精確度。公僕的任務只限於推動計畫進行，所以不應該有特別高的薪資。只能有相對高的薪資。總統與副總統也是一樣的。

牛肉在哪裡？

現在不用再問這個問題了，因爲牛肉一直在那裡，一天二十四小時，一年三百六十五天。PAMI公告欄隨時可以修改、更改、豐富、分析和討論。老百姓可以詳細瞭解並與他人討論得出的結論，並儘可能把它修改。公告欄準確地顯示了民意的正反比例，因爲總有大量的人不想加入討論而選擇留在幕後或忽略這個話題。

下面的討論是上述第二點的分析：「研究與定義」。這一部分類似公共意見建立的過程，但比較著重執行與管理。

（一）核能發電廠

許多年前，核能發電是台灣重大的爭議，其中大家99.99%的衝突與爭鬥都浪費在沒有一個定義性的主要參數情況下。後來開始使用PAAI進行討論與辯論，問題就解決了。

1.爭議起始點是核能電廠是否足夠安全，是否足夠清潔。大家沒有爭議的是，核能比起其他可行的方案都算是清潔的，所以這個問題暫時不討論，等有機會時另辟章節討論。風電與太陽光電不夠穩定，不是可靠的選項，所以不可行。電腦記錄如下：

1.1.核能是否安全

1.2.核能是否足夠清潔（延後討論）

1.1.核能是否足夠安全

1.1.1.核能是否安全。因爲很多國家使用核能發電，對某些國家算是安全的，所以討論可以延後到另外的章節（暫緩）

1.1.2.核能是否足夠安全：這是不同的風險的比較的問題。

1.1.2.1.一號比較：光電：爲提供全臺灣平均需求的1%就必須毀掉六千平方公里的森

林，這個小島居民無法接受，而且供電不穩定，所以延遲到以後的章節討論。

1.1.2.2.二號比較：風力發電是否能提供足夠電能：目前風電只能供應平均需求的0.5%至3.5%，依照季節與天氣決定。

1.1.2.3.三號比較：燃煤火力發電提供總需求量的60%穩定電力，但是空氣污染平均每年造成一千兩百人病死，所以必須在二十年內逐漸退場。危險性爲一千兩百條人命。

1.1.2.4.四號比較：目前燃氣火力發電供應需求的10%，但是天然瓦斯必須使用液化LNG專用船隻運送進口，儲存在海邊的巨型液化儲槽。基於國防考量，這個情況非常不利——戰時海運隨時可能被封鎖。

1.1.2.5.燃氣火力發電造成二氧化碳與甲烷排放，遠超過臺灣能承擔的範圍，如果臺灣要繼續維持跟其他國家進行外貿，就不能接受。計算答案是，一定要避免超過需求的10%使用燃氣發電。現有的燃氣與燃煤的電廠必須調整而且控制到最高產量的5%左右，也就是備用狀態，限於緊急供電。

1.1.2.6.五號比較：核能發電並非安全無慮，意外事故發生時，可能有輻射線外泄。但是因爲必須有可靠的供電系統，其需求超過外泄的憂慮，推理得到兩個選擇：

1.1.2.6.1.放棄部分的工業成長，或降低對住宅的供電。
1.1.2.6.2.重啟核四發電準備工作，在離島建設更多核電廠，或建造人工島嶼作爲發電廠基地。
1.1.2.6.3.PAMI計算的結果顯示，核電成爲第一選項，但是每天都重新評估，每小時都重新評估。任何公民都可以跳進技術資料的迷宮，使用PAMI的Escort App就能輕鬆進入狀況。各項證據都有不同的機構從不同的來源予以驗證，再驗證。

中共攻打台灣

另外一個大話題就是中共是否會攻打入侵台灣，應該如何採取對策。

2.中共攻打台灣是一個老問題，老到一百多年了。大部分人擔心中共入侵的可能性，應該用PAMI提供答案與建議。一般人的共識，是中國攻台的可能性很高，所以中共是否攻台的問題後續章節再討論。

2.1如果中共派遣部隊越過海峽，他們必須冒險，可能損失95%至100%的士兵，下面的分析可以說明：

2.1.1.派軍隊度海方法有兩種：也就是，先派傘兵部隊突襲登陸，占領機場，然後派超大運輸機降落到機場，每架運送至少五百名士兵。這個方法幾乎不可能成功，因爲臺灣有發展完善的飛彈與火箭系統，加上空軍與海軍戰防系統。這些系統如果遇到中共非常大規模的攻擊，可能會損壞，但是那些保護良好、隱蔽良好的防禦系統還有一大部分是快速移動的，不可能短時間全部毀滅。中共傘兵部隊可以改爲用直升機特種部隊取代，每架載運二十四名士兵。但是這兩種方式遇到電腦雷達系統自動控制的重型機關槍，都極端脆弱。此外，飛彈與火箭系統仍然是對付直升機最有效的防禦系統之一。

2.1.2.第二種方法是派遣一個至少兩萬名士兵的部隊，搭乘高速運兵船跨過大約一百五十公里的海峽，而且登陸的時候要能存活。同樣道理，海上運兵是要命的，因爲對方空軍、海軍、潛水艇、與陸地攻擊都能保證幾乎100%消滅運兵船，海運極端脆弱。中共解放軍的海空軍無法保證保護陸戰隊攻台。近年不斷增加的最新武器發展，結果是無論哪一方想跨越海峽都變成完全不可能了。更多研究細節列舉於本報告結尾另一篇章。所以從此以後台灣一直都安全了。

2.1.3.如果中共攻打台灣，日本、澳洲、還有最重要的是美國都會攻擊中共，如果攻台失敗，可能造成中共政權被推翻。發動沒有希望成功的戰爭對北京政權將是一場災難，他們絕對不能冒險。中共一直相信一句話：不打沒有把握的仗。

2.1.4.PAMI顯示必須增加投資，測試演練武器系統，培訓人員操作武器，不斷改良設計。

台灣鐵路局

第三個長期討論的話題是台灣鐵路局。是否能改善，是否連續的意外事故災難可以停止，是否應該民營化等等。

3.鐵路系統建設開始於兩百年前，現在公眾無法不使用這個公共交通系統，所以唯一的選擇就是改善安全與服務水準。台鐵有大量閒置土地與近乎廢棄的倉庫，價值幾百億台幣，所以民營化對投資人是一個非常大的吸引力。一般人相信，政府公務員沒有能力改善台鐵的狀態到公眾能接受的水準。所以是否民營化的問題現在不談，延後到後面的章節。現在只談民營化操作過程如何設計。

3.1PAMI 計算的結果，得到下列的設計：

3.1.1.車票價位從民營化開始確定的新票價表連續二十年不得調漲，新的經營者收取售票收入。

3.1.2.台鐵員工工資調高，由勞資雙方協商決定。因爲台鐵民營化以後是獨占經營，依法不得罷工。

3.1.3.台鐵服務必須改善到本文附件所示的水準。

3.1.4.意外事故賠償標準如附件列舉內容爲準。意外事故次數積累到某一個水準，就構成交通部與台鐵經營商解約的理由，交通部依照開標的順序，與第二順位元的經營商簽約。

3.1.5.投標人應該提交一份計畫，說明處理台鐵土地的計畫，得標以後照計畫實施。

3.1.6.投標人應提出計畫改善鐵路系統安全與服務水準。

3.1.7.各項計畫應於招標公告日起3個月內提交給PAMI進行計算。

3.1.8.開標後，第二順位及第三順位投標人在第一順位投標人簽約失敗的情況下必須依照投標合約簽訂特許經營合同，各投標人押標金與履約保證金爲新台幣一億元。

3.1.9.如果全部投標人未能簽約成功，台鐵應組成委員會接收台鐵經營工作。

3.1.10.本投標爲國際標，對國際投標人開放，但有若干限制。

PAMI的工作方式

以上的PAMI分析每天在網上公佈。經過許多年後，一些專家與研究人員仍然在公佈他們的研究結果。PAMI辦公室與總統府屬於同一個權力位階，是一個獨立機構。內部有一個委員會，由研究人員與官員組成，受雇進行研究工作，而且他們不得拒絕國內外的資訊投稿人提供的輸入。不同的意見列舉在該主題的網頁展示。討論是永遠在進行的。每一種說辭都記錄而且展示，幾個月內結論就很清楚，足夠讓大部分公民做決策。如果一位公民有興趣鑽研某一種說辭，可以很快被導引到討論的最後階段，結論的最後狀態。

研究人員與政府人員受命改善這個智慧系統。標準操作的規範必須嚴格遵守，犯規者會被處罰。

最後PAMI提出答案，政府必須遵照結論推動計畫，最多只能拖延六個月，任命一個計畫經理，進行進一步說明。沒有正當理由的拖延或不依照PAMI結論改變方向，都會受到刑事處分。

PAMI可以把政府公務員的工作負擔拿走非常大一部分，所以公務員總人數逐漸減少，因爲決策是電腦在做。大部分日常工作是機器人在做，所以政府公務員人數大幅減少。反正他們一直都重複工作，跟機器人差不多。現在機器人還裝了PAMI，一樣能做事，而且做的好得多。

毛教授曾經說過，幾十年前，大多數重大決策都是由一兩個政府公務員擬稿的，他們並不十分瞭解政府決策要解決的問題。他們聽從上司的指示。他們的上司忙於盤算各種選項，面對反對黨的質疑和渴望搶到頭條新聞的記者，沒有時間面對問題並努力尋求解決方案。

實際上，解決問題需要更多的時間和精力。後來引入了PAMI，可以讓專家和專門人才以及議員和其他利益相關者加入尋求答案或最佳解決方案的過程。它每天都出現在告示牌上，您會看到每個人提供的解決方案。互聯網告示牌是一個巨大的舞臺，每個參與的人都可以發揮作用，貢獻智慧和智慧。參與討論的總人數可能是三百或五百人，或五千人，相比之下，數十年前，少數幾個政府公務針對重大決策擬稿，他們對準備的決策草案瞭解不多。他們只知道上級要的是什麼。

大部分單一事件的資訊可以在網上找到供應商，譬如維基百科，谷歌，百度等等，比較高級的問題與解答也是全世界的提案人提供的。

PAMI最大的成就是有爭議的事件與有矛盾的事件，因爲需要有深入研究才可能曝光一個問題的所有方方面面。一般情況下，當越來越多的事實被曝光，眞理自然就越來越清楚了。幾乎所有的爭執都是因爲部分的事實沒有被發現。爲了這個目的，政府成立了一個最高判斷委員會（SJC）投票決定哪個是錯的，在PAMI技術範圍內做決定。它不對事實做判斷，只判斷PAMI科技的錯誤。SJC下設分支委員會，進行辯論與討論。通常，它無非是平衡正面和負面的因素，並利用它，來推算出正確的答案。（B12）

B12：PAMI 用人工智慧技術消除了政府雇員的大部分工作量。它平衡了正面和負面，並給出了正確的答案。

飛鏢轉盤

三十年前的台灣民主選舉就像對著轉盤上扔飛鏢。

其實大可不必如此。

那個年頭，射中就射中，不中就算了。就算選出一個好的總統，政績成功的機會仍然很受限，因爲決策的基礎都是不完整的資訊收集。短短四年的任期，就算是訓練有素且經驗豐富的總統當選人可能仍會做出錯誤的決定。

如果壞人當選總統，結果可能變得非常可怕。

是工商界的快速成長和勤勞的人民的耐心，帶來了繁榮的經濟和和平、和諧的社會。這個國家原本可以發展得更快，犯錯更少。現在，在各種人工智慧系統的幫助下，所有的錯誤、延誤和浪費時間都逐漸得到改善。二十年前政治人物犯錯，浪費國家資源，還是依靠老百姓的努力工作，維持了經濟成長與社會和諧。

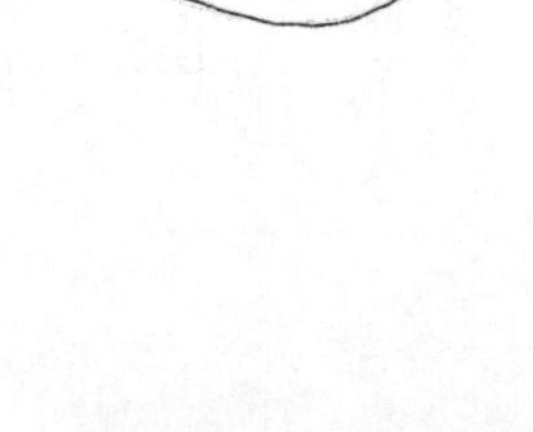

第九章　公投自動化

毛教授上課說過，並不是所有的人都生來平等的。個人民主比較能夠貼近自由、平等與博愛（Liberté, Égalité, Fraternité）。傑盛和炳勝曾經參與過一場啤酒屋辯論，題目是有人認爲個人在改善世界方面是無望和無助的。「爲什麼要費神去改善世界？只要確保您可以對任何主題的投票來影響世界。」沒有人比你作爲個人的權力更高。「我們都是個體。」炳勝說。公投的自動化使之成爲可能。

公投的自動化、數位化是現代社會民主進程一大進步。由於電腦操作方便，而且值得，你每年可以進行三百六十五次到七百三十次的公投。你可以查閱公投的最終進度如何。舉例來說，是否放棄獨立，附庸於另外一個大國，節省國防預算，打仗的時候避免數萬人民死亡，你付出的代價只不過是總共稅金多少錢而已。大國的優勢是他們有經濟規模。否則你可以選擇宣佈中立，就好像二戰時候的瑞士一樣。這麼大的事情，每天都可以公投，隨時有答案。街道巷弄小事，一樣能夠維持公投狀態。

想當年，臺灣的公投曾經是非常耗費時間與金錢的。爲了舉行公投，需要先跨過五十萬投票人連署的門檻，需要政府決定宣佈成立公投作業，需要宣佈公投日程表，需要正式公告，需要進行九十天的辯論與討論，需要投票人名冊造冊公告，然後需要進行一次投票，投票結果需要驗證確認，然後對外正式公告。今天，公投在網上進行，過程自動化，完全免於被政客或個人操弄的風險。任何人對公投結果有疑慮，要檢查，日後隨時可以進行，每天都可以進行，過程完全透明，可以驗證。

有些事情不是多數決

並非所有的決策都是多數決，因爲群衆有時候是盲目的。人工智慧與多數決，如何選擇，是一個大問題。人工智慧與多數決結合起來，有時候可以做出最佳決策。

第十章　人工智慧做決策

許多個人參加政府組織的AI委員會，進行立法與公共工程決策。當大家需要決定核能電廠是否應該增加以便改善全國供電系統，他們成立了兩個委員會互相競爭，一個是增加，另外一個是不增加。

每個委員會都使用電腦輸入人工智慧系統，進行研究，顯示正反兩方，兩方輪流舉出正反雙方各種變化的許多選擇與比較。

新的法律規定，總統與副總統與其他公務員必須遵行AI產生的決定，但有一個月到三個月的延遲授權，期間人類決策可以質疑人工智慧決策。人工智慧的決策裡面列出指名道姓的執行負責人，如果沒有合法理由拖延或推遲，將被起訴刑事責任。人工智慧的決定會送達臺北地方法院AI事件檢察官辦公室。

幾年前有一條立法規定，確立能源供應指導方針第一條，外銷市場爲第一優先，超越其他考慮因素。無論核能電廠是否比燃煤電廠危險，不能改變如果碳關稅太高大部分外銷產品無法生存的決策。從兩個爛蘋果裡面挑一個的決策還是確定了。

只看問題本身——不要扯到人物

台灣早期民主的一個大問題是老百姓總是把社會與政治問題與相關人員扯在一起。人物因素從未與問題本身分開。一般人無法聚焦問題本身，總是扯到某些人物。後來，在人工智慧專家的幫助下，大家開始看到問題所在。然後他們學會了只解決問題，不需要扯到人物。

一個城市是應該選擇捷運（MRT）還是鼓勵市民用自行車代替捷運，只要分析相關資料，答案自然出來。但是老百姓總是把答案跟政治人物扯在一起。

台灣如果沒有核電廠，能否有足夠的電力支持工業和家庭的需求，是一個研究課題，只要一個蘿蔔一個坑的計算，大多數人都能看懂問題與答案。答案不應與任何人爲因素有關——它只不過是選擇：有足夠的電力而能生存，或缺乏足夠電力而妨礙經濟增長，就這麼簡單。

臺灣早期的民主制度，老百姓投票授權一位領導人或一個領導團隊爲國家決定許多事情。後來事實證明，這樣做很可能是要命的。他們可能犯太多錯誤，足以危及國家。後來，聰明人使用人工智慧技術來最大限度地減少授權，並創建了一個新的選舉系統，保證建立一個安全的政府來執行人工智慧委託的任務，所有參與者和利益相關者分分秒秒一直不停在計算這些任務。這才是眞正的民主。你只需要搜尋告示版上面最後的狀態就可以加入計算過程。

一個公共計畫的決策總是很容易用人工智慧模型計算出來，但當人物因素包括在內時，很多事情就變得不穩定了。歷史證明，選出來的領導人不夠聰明，因爲他們的大部分智慧都用來處理主要利益相關者和有錢有勢的參與者之間的內鬥和戰爭。

第十一章 個人人工智慧PAI

毛教授說，由於有些人寧可選擇不相信人工智慧做的決定，所以還有另外一個辦法。在高中與大學課程裡面有「個人人工智慧」（personal AI），幫助個人建立習慣使用個人人工智慧，以別於政府的人工智慧。個人人工智慧是每個人自己都能建立的人工智慧系統，你首先輸入自己的姓名年齡各項特徵，軟體會逐漸熟悉你的一切習慣與聰明智慧，決策選擇習慣等等，「他」發展成爲一個更聰明的「你」，你忘記的事情他都幫你想起來。你一時想不起小學同學裡面有一位皮膚白白的女孩叫什麼名字，PAI會幫你搜索你的大腦記憶。你忘記上周把汽車停在哪個路口了，PAI會幫你回憶。多年前解決問題的一個方法，現在實在想不起來，PAI幫你想起來。

如果你不喜歡這個「他」，當然可以從第一天開始就是「她」。她知道你情緒的最細微的千絲萬縷。她提醒你一杯咖啡會幫助你精神煥發。或者，點一支煙。

PAI是你的分身，好朋友，老師，記事本，提醒你避免重複犯錯，困惑的時候可以互相討論的智者，因爲你花錢學會很多超過你能力的智慧與學問，你的頭腦根本裝不下，只好麻煩它幫你學會了，而且不斷教你怎麼利用那些學問與智慧。你想說流利的六種外國語？沒問題，花點錢就搞定了。你對耳麥開口說你熟悉的語言吧，對方聽到的是翻譯的語言。過一段時間，你學了對方的日常用語，無需再依賴AI。

總統選舉，投票給誰？它會自動分析，而且告訴你，根據你的情況，最好投給某位候選人，不信你可以跟他辯論，你不是他的對手。你需要決定是否去新的公司發展？跟他聊聊，他能提供你未來十年的預測情況。通常情況下，他學的速度比你快。

你打算跟吳慧梅結婚？她願意把她的PAI介面端跟你交換嗎？互相認識的結果，也許推算只能共同生活十五年，生兩個寶寶。如果你們感覺也值得了，就結婚吧。如果不合適，不要勉強，就同居吧，過一天算賺到一天，也許這樣還更長久呢。（B13）

B13：吳慧梅的婚姻預測：中國人一直有很多方法來預測婚姻中的男女是否合適。算命先生在父母爲女兒選擇丈夫，爲兒子選擇妻子方面發揮著重要作用。在日常生活中，中國人開口閉口談論「命運八字」，很常見的一句話就是「八字不合」或「八字犯沖」。Personal AI加入了預測者和算命先生的行列。

美國與歐洲有幾家公司幾十年前開始銷售PAI。是誰最早開始有這個想法？其實中國古代的道家傳統早就爲你的幾個自我提供了一些線索。一直都在那兒呢。

校劣幣驅逐良幣（個人民主）

二十年以前，議員選舉的結果，當選的都是來搞錢的，那是一種劣幣驅逐良幣的過程。這一切都過去了。「大學」裡面說的「選賢與能」以前是不可能的，一直到個人民主制度發展出來「品德驗證系統」VVS（Virtue Verification System），這是跟人臉識別系統大約同一個時代發展成功的。從此，一個議員如果想跟別的議員團體掛鈎謀利變得非常困難。任何不當行爲都會完全阻斷他的從政之路。就是這個系統讓不當行爲的機會變得很小。從那個以後，因爲有了個人識別系統PIS（Personal Identification system），任何不當行爲人很難影響別人了。你想當選議員，幾乎必須有完美的品德。

第十二章　罷免、公投、民調

電腦操作進行罷免與公投非常容易，選舉也是一樣容易。由於投票的各部分過程永遠都可以驗證，而且很容易，唱票的方式變成了過去式。投票人進行投票的時候，投票的時間地點都明確顯示，還有投票人的識別碼，變成永久性的記錄。舉行投票以後十年內，電腦記錄顯示投票的數目，小時、分鐘與秒鐘，也顯示每一個個別投票區域收來的精確總票數，包括當天的小時、分鐘與秒鐘。同樣的記錄分享到總共七個電腦中心，對公眾開放，所以篡改記錄裡面的秒鐘、分鐘、小時記錄變得極端困難。投票人的識別資訊當然受到保密，不能隨便查閱，需要有司法部門的法定程式授權。

民調驗證辦公室

民調的問題也得到了很大的改善。任何機構如果要公佈民調，必須通過民調驗證辦公室的驗證，由驗證辦公室注明主辦民調單位，然後公佈。任何機構自己不得發佈，未驗證發佈屬於刑事犯罪。任何人都可以發起民調，任何人都可以上網搜集，發郵件詢問每個人對於公共議題的意見，只要對方肯回答，但是不能自己發佈。你想做民調，只需要下載軟體，合法的做民調，自己看看就可以。

自動掃地機

網軍，或稱網路水軍，霸凌，全數被終結了。任何人發表意見，員警都能追溯，不能隨便在河流上游投毒了。一般人隨便的亂寫，發洩，如果不構成公共安全的威脅，被檢舉以後，有網路自動清掃的設備，自動清掃，稱爲網路自動掃地機。你有意見，可以參加公共意見案POE，參考第六章，全部公開透明，你不想具名發佈意見，就請閉嘴，不能私下隨便利用網路達成私人目的造成別人不滿。你心裡想什麼，沒人在乎，在網上，開口就要負責。

股市管理與虛假政治新聞操縱控制是PAMI比較研究的重點之一。過去六十年來，這個國家的股市操縱一直得到很好的控制。根據明確的立法，試圖影響股票價格很容易被發現和處罰。

然而，政治新聞操縱直到大約二十年前才得到很好的控制，當時競選活動惡化，網路欺騙介入。人們終於不能容忍操縱了，立法完成了。操縱新聞罪，處十五年有期徒刑，加上剝奪政治權利。

司法獨立自然逐漸成型

司法不獨立，司法水準不及格的問題，因爲選舉制度的改革而自然消失。司法官不獨立判斷，受到派系與金錢的嚴重影響，是臺灣早期民主的嚴重問題。自從選舉制度改變了以後，政黨不再有影響力，司法獨立自然逐漸比較容易達成。當兩大党派系變成幾十個派系，幾十個派系變成幾百個派系，司法官想要找一個派系參與，也不會對司法獨立造成什麼大的影響。最後全臺灣的派系逐漸演化變成個人派系，個人民主逐漸出現，早期民主制度的弊端都自然消失了。

所謂黑金政治、黑道與政客的勾結，在新的選舉制度下，逐漸自然消失，很難生存。黑道與政客一樣，都是拉幫結派謀取比較大的優勢，欺壓弱勢的個人與團體。黑幫的組織被AI每天分析，拉幫結派越來越困難，只剩下大個子欺負小個子的簡單問題，大個子只能使用最原始的肌肉與拳頭，也就失去了優勢。

學校裡面的霸凌事件被AI每天分析的結果，霸凌弱者的人被分析到只能一個人發表個人看法，最後也會被圍剿，學校管理這樣的事件也容易多了。

政府等於是仲介

民主制度的政府是仲介，幫助供應商（承包商）與買方（人民）接洽成交，仲介的規矩非常明確，不容操弄。

民粹主義政客過去常常操縱公共話題來取得權力控制政府，劫持希望改善生活（徒勞）的普通民衆。現在民粹主義政客很難做到這一點，因爲政治話題已經明確分析，老百姓清楚的知道有沒有可能改善。

總統的工作：決定優先順序

總統最重要的決定大致就是優先順序與比率而已。解決一個問題比解決其他問題優先多少？這些問題都可以量化。電腦負責計算，立刻得到答案，提供給大衆與總統參考。如果一個總統加上四個副總統還搞不定，這樣的問題很少。

有些民主國家選舉的時候，投票人有時候面對最大的問題是，兩個候選人都不夠好，或全部都不夠好，實在不知道投給誰。臺灣發明的新選舉制度非常妥善的解決了問題。有時候總統當選人能力不足。依照臺灣的新制度，應該也沒問題。反正重大決策本來就不應該是一個人來做。

一九四一年日本偷襲珍珠港，美國總統羅斯福向國會提出對日本宣戰。非常簡單明瞭。今天做決策過程複雜得多，需要的資訊多得多。AI仍然是最高效的資訊來源，但是最終決策仍然在總統與他的幾個副總統手中。

歷史上所有的朝代都是當時的英雄或暴君開創的。這些都是古老時代的歷史故事。民主制度裡面不需要這些歷史故事。英雄可能被他的成功帶到歪路上去，以致他們不適合當公職人員。美國是否退出巴黎氣候公約，不應該是總統川普一個人的決定，應該有幾位副總統，每位有同樣的投票權，一起決定。

事實上，在台灣新的選舉制度下，總統和副總統在決策上並沒有太多的事情要做。在台灣獨特的主題黨在AI加持運作之下，大多數決策已經做好了。稱爲主題AI黨。（TAI黨Topic AI Parties）。

第十三章　人工智慧主題黨TAI Parties（主題黨）

啤酒黨是一群喝啤酒的人，他們聚在啤酒屋一起談論政治。這是台灣典型的Topic AI黨。黨的領導者通常是啤酒屋的老闆或啤酒屋聘請的領導小組的人。啤酒黨有很多個，他們每個都有自己的主題，通常是關於政治的。

在許多啤酒黨中，有一個是劉傑盛和白炳勝喜歡去參加，喝杯啤酒討論政治的，被稱爲「保衛台灣黨」。對於啤酒屋老闆來說，這個生意蠻好賺的，因爲許多人喜歡在晚上或深夜喝一兩杯啤酒，外加小菜。一兩杯之後，客人說話和爭吵時變得更流利了，他們口渴了，需要再喝一杯啤酒。這家啤酒屋很有名，因爲老闆王喬治知道人們喜歡聊什麼。傑盛和炳勝在啤酒客中顯得年輕，但他們喜歡假裝自己有足夠的男子氣概。

「保衛台灣黨」，簡稱「保台黨」，這是台灣最大的主題黨之一。入口處有一個佈告欄，顯示該黨的基本原則：

親愛的同志們，

1.我們是否盡了最大努力避免戰爭？是的，我們盡力了。同時我們也要討論如何改進軍事防衛系統和技術。

2.當中共入侵臺灣的危險迫在眉睫時，我們是否會首先進攻中國？不，絕對不會。我們的武器設備和技術足以擊敗來自中國的任何入侵。我們可以等他們發動第一擊。他們也許少數士兵能在臺灣落地，但是不可能是活的。我們的武器設備保證100%殲滅跨越臺灣海峽的解放軍。他們武器裝備不斷進步，我們也是不斷進步。

3.我們要和中國討論統一嗎？不，我們認爲，中共學會尊重臺灣的那一天還沒有到來。也許他們永遠學不會。他們對任何人都不尊重。中國共產黨政府的名聲非常糟糕。他們不誠實。他們永遠不會誠實。等他們變誠實，學會尊重臺灣的那一天，我們會知道。什麼樣的情況會讓中共決定發兵攻台？這個條件也是隨便他們訂的，不同的領導定出來的條件也不一樣。過幾年又會增加幾條，反正都是臺灣不能犯的天條。所以談判是沒有什麼希望的。他們給臺灣的選擇只有2種結果，不是投降，就是開戰。中間沒有談判空間。所有的友好會談都是僞裝的狡猾的侵略。最終目的是一樣的：臺灣人必須投降，成爲中國的一個省。

4.我們歡迎主張與中國談判統一計畫的客人嗎？哦是的。絕對歡迎。我們承諾，無論我們的啤酒客人說什麼，我們都會敞開心扉傾聽。同時，我們希望客人在我們有機會發表意見時聽取我們的意見。

客人必須保持他們的談話聲音足夠低，以免成爲其他客人的噪音。每張桌子上都有一

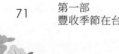

個紅燈。如果有客人說得太大聲，紅燈會自動亮起，警告客人必須放低聲音，否則會被要求離開。每張桌子上都有清楚的說明。「我們鼓勵理性的辯論和和平討論。當你不能保持足夠低的聲音時，你可以繼續到啤酒屋外面去說話。」

炳勝的爺爺是一名退休的公務員，他在內戰期間從中國來。白姓表示他們的祖先是中國的回教徒。白爺爺和他的老朋友們一起參加了一個名爲「懷舊茶黨」的人工智慧主題黨，他們請了一個年輕人來操作他們的電腦，以吸引更多的老朋友加入這個茶黨，爲海峽兩岸的和平努力。這是一個典型的「茶黨」，他們什麼茶都賣。「我們都是中國人。中國人再也不要自相殘殺。我們過去有太多的殺戮了。絕對不要了。沒有任何藉口可以發動戰爭。」

炳勝永遠無法同意爺爺的想法。爺爺不惜一切代價想要和平，包括投降。炳勝說，這是不可能接受的。你爲什麼不使用你的電腦來預測你投降後會變成什麼樣子呢？這個很難。他們沒興趣。

懷舊茶黨人數正在減少，因爲老同志不斷離世，年輕人不想加入他們。炳勝主張維持和平的方法是讓中共完全明白攻打臺灣是絕對不會成功的，而且可能有讓中國分裂割據的危險，這樣就打不起來了。

早期的民進黨和國民黨逐漸消散爲只吸引一小部分人的小黨，因爲大多數人根本不明白他們爲什麼存在。

人工智慧主題黨（TAI Party）大致情況

一、主題黨沒有固定的黨員，只有同志。黨員同志聚集在網路啤酒屋或網咖，繞著一個話題討論。任何一個話題的黨員同志人數遠遠超過啤酒屋或網咖的客人人數。他們在線上討論，啤酒屋或網咖的超大型視屏顯示即時的討論結果。同志發表的意見即時分類，記錄在某一個標題下。這些話題幾乎都是永久性存在的，有人工智慧協助進行細節研究，討論內容也一樣。但是每個話題底下有一個現在當前話題總結，顯示怎麼做才對，應該要做什麼事。因此「分類」是人工智慧研究的主要問題。任何剛接觸該主題的人都可以立即找到現狀和他所關注的問題。

二、憲法規定，總統與副總統必須遵重人工智慧對任何一個話題研究的結果或答案，否則他們就必須舉行公投，或辭職。所有主題黨的決定都會自動匯總，以顯示公眾意見占總人口的百分比。故意操弄主題人工智慧的決策屬於刑事犯罪。總統與副總統如果覺得很難說服其他主題黨大衆接受人工智慧的決策，可以推遲三個月推動該決定，該決定一直是在討論辯論中。（B14）然後他們就需要找尋妥協方案，否則就要換別人來做這個工作。

B14：總統和副總統如果難以說服反對黨派和人民接受一項一直在討論和辯論中的人工智慧決定，他們有三

個月的延遲伸展期。

三、臺灣有大約1500個主題黨，每年增加大約20個新的主題黨。某個主題消失的時候，該黨也自動解散。主題黨的全部黨員一般稱爲主題党同志。任何話題，從在某一條河上架起一座新橋，到消除街角的紅線以允許停車，都可能變成一個主題黨。

四、主題黨的名字是個人或團體的注冊商標。因此，主題黨有一個名字，一個在政府專利局註冊的TAI編號，以及對該主題的簡要說明。有一個黨主席，他操作一個TAI電腦系統爲黨服務，還有一些助手或工作人員。有關TAI的大多數法律法規與專利、商標和智慧財產權方面的法規相似。它們可以根據某些規則進行轉讓。如果你不喜歡該主題或其描述的內容，你可以組織一個新黨，開始自己的主題和新的描述，以修改原來的主題，或與之競爭。AI可能把你的新主題歸類到原來的主題同一個分類。

五、主題黨同志們的投票行爲大多與主題描述相符，投票結果大致在可預測範圍內，但在某些情況下無法保證。當政府辦公室對主題黨的決定有疑問時，可以發起公投。一般來說，它們是基於選民對主題的認可，而不是政府公職候選人或他們的個性，當然更無關意識形態或政治理論。如果遇到選舉，候選人對大部分人關注的主題必需要表態，通常顯示在他們的網頁上，並且不能輕易改變。

六、政黨應該圍繞一個話題組織起來，而不是圍繞意識形態或口號或地域劃分或英雄或公眾人物。美國的民主黨和共和黨逐漸解體爲許多小黨派，聚焦地方問題而不是國家或聯邦問題。聯邦問題仍然有人關注處理，不是原來的民主黨共和黨，而是新成立的比較小的幾個黨。世界各民主國家直接的意識到，需要解決的是問題，而不是政治人物或意識形態。臺灣就是一個很好的例子。

七、往年溝通根本不可能：幾十年前，當一名政府官員試圖與公民交流時，通常幾乎不可能討論一個有爭議的話題。這位官員本人往往對工作來說是新的，對主題是新的，對公民來說是新的。他還來不及對這個話題摸熟悉之前，可能又被分配到另一個職位。或者也許他的政黨被趕下臺，一個新的政黨帶著一大批新官員接管了政府。想當年，如果政府官員需要公民的支援來執行政府政策，他需要非常擅長溝通或說服技巧，才能找到解決方案。如果他運氣好，技術熟練，也許就成功，最終解決方案可能是一個妥協的解決方案。

然而，今天有了Topic AI，所有現有的話題都在不斷地討論中，並且總是有基於現狀的解決方案。官員們只需要注意監督解決方案是否得到妥善執行。

八、部分主題舉例如下：

主題一：對中國的國防與和平共存：討論的現狀是：國防系統必須不斷改進，隨時維持高效率的三軍。簽訂和平條約根本是不可能的，除非中國出現新政府。儘量維持和平與前述措施互不衝突。以色列地小人口少，對抗接壤的阿拉伯國家完全沒有變爲弱勢，台灣有海峽保護，對抗中國應該能做得更好，做不好是因爲當年將軍們都需要應付太多政治人物。現在將軍們可以放手去努力強化國防，只需要依照AI努力工作，無需討好任何人。

主題二：發電各種選項：現狀：安裝新核電廠的支持率爲65%，而其他組合替換新核電廠的支援率爲25%。

主題三：維持死刑：55%的支持者和25%的反對者。

九、當老百姓發現他們是在跟電腦軟體辯論，他們變得很中性，很理性。TAI從來不會生氣或憤怒。它只是平靜的跟你慢慢討論。

第十四章　人工智慧對抗犯罪率

你搜尋一個人、或一個公司，或一個機構的資訊的時候，人工智慧幾乎可以提供「取之不盡」的滿足感。舉例，警察局很成功的建立了犯罪分析個人檔案，從開車超速到鄰居衝突或街頭鬥毆都有檔案。黑社會的運作幾乎完全絕跡，因爲警方可以分析銀行轉帳，偵測到非法付款是否與貨品或服務的交換相對應。現金付款完全都被記錄下來。某公司如果在市場上沒有可以證明的利基，但是能有很好的業績或收入，就會被電腦詳細的分析。超級豪華的葬禮出現大批黑色西裝的年輕人表現黑社會規模的情況立刻會有詳盡的分析。每一個黑色西裝年輕人都會被記錄下來。一部分年輕人會被策反私下密報黑社會衝突，以交換洗淨他們的黑記錄，有助於幫他們找到更好的工作，因爲雇主會查犯罪記錄。

任何「疑似犯罪現象報告」可以繼續追蹤二十年，跟其他情報對比。員警學校犯罪預防系有一個研究計畫，永遠在進行中，對有組織犯罪最新發展狀態進行解構、研究，對政府提出分析報告與協助。學生與一般人都可以提出任何可疑的犯罪跡象，如果最後破獲刑案，可以獲得獎金。

私人諮詢顧問公司對私人公司或政府部門或個人客戶提供全面的AI服務，他們取代了以前的私家偵探社。當然，這些私人諮詢公司本身也是政府AI部門監督的對象，受到監管。違反規定或操作原則的員警或任何人工智慧諮詢公司將受到公開處罰。

過去二十年前以來，公共場所的即時人臉識別已被禁止，除非圖書館部根據警方要求批准的情況，或者法院判決在一定程度上剝奪了犯罪分子的隱私。除此以外，臺灣比照歐洲立法制定的一套規則適用於人工智慧管理和控制。人工智慧應用曾經被非常嚴格地控制，以犧牲國家或社區安全來換取個人隱私，但二十年前曾有一段時間，歹徒威脅一些公民的生命安全，AI的功能自動建議加強對社會犯罪的人工智慧控制，因此警方在AI的幫助下成功逮捕並起訴了95%的犯罪分子。

千百年來，歹徒成功地控制了受害者，皇帝控制了人民，同樣的伎倆：恐嚇。滿洲起家的清朝人口不到漢人的百分之一，卻可以控制龐大的漢人群體，就像牧羊犬趕著一百隻羊一樣。一個幫派份子可以控制一條街道，因爲幾乎所有的居民都被嚇倒了。很少有人有足夠的勇氣與歹徒對抗，所以很容易被歹徒對付。當人民或受害者沒有被嚇倒時，這個伎倆就不會奏效。黑暗的最大敵人是陽光。黑幫和黑手黨最大的敵人是人工智慧。

一九九二年，日本通過了一項法律，限制黑社會成員購買手機號碼、租房或在銀行開戶。這使得黑社會在日常生活中的運作變得極其困難。結果是黑社會成員總數大幅度減少。今天，通過人工智慧分析，歹徒的非法操作變得透明且非常容易控制。一個黑幫頭子的任何指示，都必須以極其隱秘的方式傳達給下屬，幾乎和007電影的故事一樣，黑幫實在難以生存。

第十五章　會叫的狗有什麼用

你不需要用會叫的狗來防止政府內的貪汙與亂搞。狗只會叫而已。他們互相對著叫。防止政府內部貪汙與誤國，狗叫是最低效率的方法。狗叫經常沒人理會。

如果每天可以公投幾次，甚至半夜也能公投，政府應該做什麼，或不可以做什麼，都明白的寫在網路告示牌上面，依照優先順序與可行性排列著。成本效益經過分析，風險經過評估。政府人員怠忽職守根本就沒有機會，沒有空間，一秒鐘都沒有。

重要的計畫有時候可能被誤判而中止，所以法律規定，計畫如果要中止，需要經過法定安全程式。核能電廠如果要停止興建，必須經過重大計畫中止程式，就是一個例子。

有一個本地博物館收集了二十年前議員候選人競選海報的樣張。他們的臉孔看起來都差不多，投票人感覺搞不清楚他們誰是誰，誰說了什麼，張三跟李四有啥不同。他們喊的口號大部分很類似。反正都無法達成，所以大家不在乎他們說什麼。沒有當選之前，他們把好話說盡，討好投票人。如果他們感覺可能無法當選，他們會哀求，尖叫，發誓或哭泣。一旦當選了，他們換了一副面孔，因爲你可能需要有求於他。偶爾有幾個好的議員，得到大家注意，有人記得，所以會當選。他們競選議員要花掉很大一筆錢，當選以後當然需要賺回來，付清他們欠的錢，或對金主服務。當然這就是他們競逐私利的原動力，不會把公益當做第一優先的工作導向。

現在議員與立法委員的功能大部分被TAI、PAMI、POE取代了。立法案件與執政者無關，單獨進行，每天二十四小時進行，立法速度加快很多，立法數量增加更多。只要有人提出立法的需要，人工智慧開始計算，你在睡覺的時候它就算出結果了。立法成功以後，不斷修正，與實際狀況配合。議員們發現政府施政出現問題，只要提出來，PAMI就一直追蹤，你只需要上網看看進度，讓公務員忙著改正錯誤，睡覺的時間都不夠了。行政院、立法院、司法院的工作效率變得出奇的快，但是公務員人數減少了。考試院與監察院根本消失了，他們的功能變爲無窮大，一直在網上進行。

第十六章　街頭鬥毆

一千多年前，漢朝的時候，年輕人要出人頭地，需要有點小聰明，體格健壯，要有好命（B15），要有貴人提拔或支持。開始的時候他們要在街上混出個名堂，在村子裡變成大哥，帶領一幫人。他們要有膽識，敢打敢殺，才會混成氣候。漢高祖劉邦出身微寒，爲了出人頭地必須努力奮鬥，但絕對不是爲了黎民百姓。他需要跟狐群狗黨同生死共患難，有些弟兄窮得活不下去，甚至要買狗肉爲生。

B15：他們也需要好運氣，但在中國人的觀念裡，命好優先於好運：一命、二運、三風水、（你埋葬你父親、祖父、曾祖父等的墳墓的設計。）四積陰德、五讀書，等等。這在老百姓中是普遍的信念，關乎你是否會在一生中取得成功。

政客或議員也好不到哪裡去。他們每天干的事情基本就是貶損別人，蒐集對手的弱點，成天就只知道攻擊對手。他們也需要跟其他人合作，找尋支持，或參加政黨。相對而言他們也需要對支持者金主表示忠誠。政黨民主與街頭鬥毆的幫派類似之處，都是從私利爲出發點，不是爲了群衆的利益，一直到後來個人民主逐漸普及才改善。想當年，臺灣有幾十萬人或上百萬人，每天努力辛苦工作，唯一的工作就是內耗，攻擊別的黨派。現在他們的時間精力全部用於國家建設，對GDP做貢獻，一點都不浪費。

議員通常做以下工作：一、參加立法會議，二、加入委員會，三、要求政府爲有需要的公民提供服務。四、批評政府錯誤，五、輿論辯論。以上均已被TAI，POE和PAMI取代。因此，政府最終決定停止向議員及其助手支付薪資。PAMI立法速度比議員或民意代表快一百倍，而且是免費的。

個人民主的國家裡面，個人做決定是依靠主題黨（TAI），個人人工智慧（PAI）或公共意見立案POE（第七章）等方式進行。政黨爲候選人造勢的動員大會逐漸消失了，因爲個人不可能再騙了。不管你公開演講多麼能言善道，不管你操弄公共議題多麼有技巧，你打不過電腦或個人AI或主題AI，因爲公共意見是長時間逐漸確立的，需要五年到十年，確立了哪些事情必須做，不管誰當選公職都必須遵從。

議員變成了一個沒有薪資的工作，年輕人需要公共行政經驗的可以來接受磨煉。但也有一些老議員感覺國家需要他們的服務所以仍然堅守崗位。他們的任期永遠不會終止——他們可以一直幹下去，只要他們願意。最老的議員九十五歲了。年輕議員當選了，加入老人議員的陣容。

議會總預算過去三十年大致沒有改變，而各級議會的議員總人數增加到了六千六百八十五人。他們參加公聽會，跟政府公務員面對面溝通，就重大議題交換意見。

但是比較不重要的議題也需要政府公務員在告示牌上面回復。以往看門狗的工作大部分被軟體與APP取代以後，議員總人數緩慢增加，而他們的費用薪資逐漸減少。各級議會有很多小房間供給議員們開會，他們週一到週五每天八小時工作。

遊說團體與社會運動團體有助於維持議員們存在，提供支援，但是對他們的付費依法必須對中選會詳細報告。

議員召開公聽會必須提早登記，如果能成案，改變政府計畫的預算工作行程優先順序，他們能獲得一份現金獎勵。改變預算順序通常需要公投。有些計畫二十年前提出，還懸而未決，因爲他們被暫停或被新的計畫超越覆蓋。如果沒有人對這個計畫感興趣，原來的提案人忙於其他計畫，這個計畫也可能被修改。

非政府組織（NGO）在街頭的工作更重要更詳細得多，以學術社團形式出現，他們的主張，譬如如何面對極端氣候變遷，如何使用地下水，政府是否應該照顧單身懷孕婦女，是否增加核能電廠以改善供電結構。當政客口水逐漸減少，對學術研究的依賴逐漸增加。研究顯示，這個問題只不過是簡單的優先順序問題而已。只有電腦能勝任這個工作。這是IT。

最早把公投軟體設計完成而且取得專利的那個人發財了，雖然他一直到現在還被質疑，被批評。他抗辯說「那也沒啥大不了，你隨時可以修改軟體呀。」

第十七章　民主病

毛教授上課說過，二十年前，台灣公務員不能或不願意努力工作，因爲上面的官員經常改變他們的態度。公務員工作只爲了保護自己，避免努力工作的任何風險，沒有人願意爲了國家的前途努力工作，整個國家的進步在政府階層停止了，或者幾乎停止了。政壇每個人都只爲自己眼前的私利，沒人在乎長遠目標或管理，以致國家重大問題根本沒辦法解決，效率遠不如集權政權。這個現象被稱爲「民主病」。你看，民主本身是一種疾病。

集權政權容易犯錯，但是如果能自我修改，修改過的部分就會很有效率，儘管修改的過程必須犧牲某些人群的利益。集權政權的優點是有些時候在某些層面某些領導可以看到國家長遠的正確方向，而民主國家看不見國家的長遠的正確方向，只看到下次選舉爲止。

任期焦慮與說謊焦慮

台灣早期整個民主系統裡面，政府領導與政壇任務定期的焦慮就是「任期焦慮」，全部的施政都受制於四年一次的選舉，所以當年台灣的政府除了選舉，其他都不重要了，每天都算計著下次選舉還有多久，要拼生存，現在能做什麼。

當年有一度台灣政府的能源政策無法自圓其說，我們知道他們說謊，他們也知道我們知道他們說謊，我們也知道他們知道我們的想法，但是沒有人能改變他們，所以整個社會都處於焦慮狀態，等待下一次選舉到來之前，大家面對的是說謊的焦慮。

顏色民主

許多年前臺灣的民主制度以顏色區分黨派，相互不同。每一種顏色與其他顏色拼死競爭，逐漸失去了意義。

接連不斷的選舉

許多年前臺灣人最難過的是不斷的選舉，一個接一個，加上選舉操弄。不選舉的時候也要為選舉做準備。結果他們選出來的政府非常會選舉，但是不會治理國家。這就是選舉病，民主政治的病態，幾乎沒有救藥。

二十年前，聰明的台灣人使用新選舉制度，PAMI、TAI、個人民主，PAI，公投自動化，徹底解決了這個問題，改正了這個錯誤民主制度。他們現在叫做Tai-mocracy，以別於舊式的民主制度。

毛教授分析了臺灣早期民主制度的問題如下：

1.當選人只有一任的任期可以努力工作，不知道下一任是否當選連任。但是需要做的工作千頭萬緒，根本無法在一任的任期內做好，也許當地需要改善的事項有二十項，但是當選人只能改善二到三項，其他的部分只能拖著。當選人需要的，國家建設的一個全面計畫的藍圖，根本沒有，所以都是依照當時最重大的問題先解決，走一步算一步。例如，當年民進黨努力禁止核電廠就是一個巨大的錯誤，將臺灣引向了錯誤的方向。這不會在今天發生，因爲臺灣人現在有PAMI。

2.改善一個問題需要牽涉到許多方方面面，當選人如果不是當地人，需要一段時間瞭解，找尋答案，如果是當地人，也許不是這個問題的專業，還需要深入瞭解，都瞭解了以後，還要當地人的支援合作，說服反對的居民，做到一半如果沒有達成效果，還要修改方向。

3.譬如捷運是否要延長一個站，土地取得是否遭遇困難，資金是否充裕，各方面都有問題，如果遭遇反對黨的拆臺，更難成功。所以民主政治的初期自然會遭遇無數多的問題，可見當年的民主制度不是成長最快的一種制度，只是感覺比較公平而已，不一定合理。

4.人工智慧發展出來的「公共事務管理智慧」PAMI與「公共意見立案」POE發展到

現在已經完全做好上述的研究工作，公職當選人只需要監督推動執行，而且是同一時段推動二十個到五十個各項議題，效率遠高於三十年前的臺灣初期民主制度，而且族群對立、互相謾罵的現象都消失了，民意代表作秀也過時了，消失了。成熟的臺灣民主制度大幅度依賴人工智慧判斷未來的方向，遠遠超越歷史兩百多年的民主國家美國，也超越歐洲老牌的民主國家。（B16）

B16：一些歐洲民主國家實際上與今天臺灣人的做法有部分相似之處，只是它們開始得更早。

第十八章　我們有人民公社，不需要政府

幾千年以來，在中國冬天有人因爲天冷凍死，因爲乾旱缺糧餓死。政府的第一大問題是糧食的供應。如果你不努力工作，有一天你會失去工作，沒有食物，沒有住所。父母教子女，老師教學生，在學校要努力學習，畢業才能找個好工作。

今天情況不一樣了。台灣大部分城市都能找到低價的餐廳提供廉價的食物，甚至還有免費的，爲低收入吃不飽的人群提供餐食。這些餐廳收受各界的個人、店鋪、或團體捐款，或過剩的農產品，或食物，所以他們能免費供餐，每天兩餐或三餐。義務工作者幫忙洗菜，煮飯。他們大部分是素食者。這些餐廳沒有政府管理或支持，都是一些小餐廳。年復一年，他們幫助了許多人。臺灣冬天很少低於十度，所以即使流浪漢過冬也不是很難。各種福利機構隨時都協助他們。

爲了服務老年人，他們甚至送食物上門，尤其是健康不好，不便走動的老人。還有許多銀髮族團體，可以稱爲「公社」的，他們結合各種力量與智慧，找尋各種資源，共同生活，教老年人如何保健，對付健康問題，照顧有時候勝過醫院。身體健康的老年志工協助無法走動的人過生活，包括洗澡餵食。有些公社已經到達了財務有盈餘的自給自足狀態。

大部分公社入社費用低於退休人員的退休年金，所以加入公社不難。社員可以參加公

社的工作掙錢，用來支付自己的公社費用。你可以加入廚房工作，參與你自己的食物的烹調，到你滿意的程度，同時幫助別人也吃到他們滿意的食物。社員們也下田種菜。由於有農業機械，實際勞力投入不多。農村因爲勞力缺乏，許多農地空下來了，地主願意出租。公社會員們發現，少量的勞動獲得的蔬菜收穫超過他們的預期，還能出售剩餘。

有些公社想辦法賺到利潤，積累了足夠的資金，改善自己的服務水準。如果你夠老了，沒啥雄心大志，不想爭什麼，需要有朋友作伴的快樂，臺灣的人民公社變成了你的天堂。雖然只限老年人，年輕人也有公社，但是很少。

健康保險不貴，很成功，大部分人都享有健保。

年頭到年尾食物吃不完，朋友互相照顧，適當的醫療服務，日常生活要什麼有什麼，有地方住，有朋友一起，誰還需要政府呢？

實際情況是，退休族如果在公社裡面大家一起工作愉快，互相尊重，有足夠的智慧制定生活規則，而且遵守規則，臺灣的人民公社逐漸成爲其他國家研究的範例。

年輕的上班族，雖然有醫療服務，大部分仍然買不起房屋，少部分買得起就做很多年的房奴，所以住房問題仍然是社會問題，跟許多西方國家一樣。政府存在的價值只剩下收稅，交通建設與管理，食品安全，治安，國防。大部分問題都是都市生存形態造成的，如果在農村，政府好像沒有什麼用，但是交稅還是躲不掉。

中國民間傳說中的天堂是一個島嶼，或東海的島嶼群（蓬萊仙島），有仙人居住，因此皇帝派人訪問這些島嶼，尋找仙方，使他們能夠長生不老，但沒有一個成功。有一個版本的民間傳說指出臺灣就是蓬萊仙島。一些大師或靈性導師確實將臺灣稱爲寶島，沒有戰爭和災難，人們可以和睦相處，彼此非常友善，這是他們在將近一百年前做出的預測。中國歷史上的詩人陶淵明創造的「桃花源」在臺灣出現了，活生生的實現了。一九三三年英國小說家希爾頓（James Hilton）在「消失的地平線」裡面描寫的「香格里拉」在臺灣出現了。

第二部

台灣團圓

第十九章　空軍狂想曲

這一天早上，中國國防部長張將軍打電話給主席。「主席早上好。請容許我報告一個絕佳的想法。昨夜我做了一個夢，夢到我召開參謀會議。我的參謀們給我簡報，他們發現了一個最好的國防建設方案，向前跨越一個大步。」

「他們說，建設國防最好的方案之一，是跟臺灣軍隊合力，保衛我們的祖國。我想去臺灣拜訪他們的國防部長，請批准讓我去拜訪」

臺灣的海空防衛機制，經過多年的發展，最終完全消除了解放軍進攻的可能性。電腦分析不斷重複算出來的跨海作戰研究結果，海軍陸戰隊、直升機空降部隊、傘兵空降部隊等等，各種可能性完全被排除了。海峽兩岸的國防部都參與了電腦戰爭遊戲。線上遊戲不斷重複。所有跨海的陸軍部隊都會被消滅。只有空軍與海軍打仗，沒有陸軍佔領臺灣，沒啥意義。（B17）高科技武器把各種可能性都算準了。打仗實在沒啥搞頭。「臺灣人建議，將來只有中華共和國聯邦才是最佳的未來願景」。

B17：只靠空軍和海軍作戰，沒有陸軍佔領臺灣，對中國來說沒有多大意義。但付出的代價將是巨大的。它可能導致中國四分五裂。

謝天謝地，中國人不殺中國人。這麼多年下來，實在殺夠了吧？現在的戰爭都是在元宇宙上面進行的，算得準準的，全部都能證明，都能推理，你不同意，可以提出相反意見，再推算一次，直到各方都接受爲止。

中共意見領袖定期應邀訪問臺灣，在臺灣停留，讓共產黨領導相信，永遠不要放棄與臺灣團圓，這是未來最後的宿命。和平團圓是唯一的方案。沒有其他的方案。「中華共和國聯邦」是最好的願景。團圓是中國人的習慣，出門遠行的一家人，過年總是要回家的。

第二十章　周公鼎

臺北運送了一個複製的周公鼎，經過上海，運到北京，算是送給北京人民大會堂新建大樓的裝飾禮物，底部刻著下列的字樣：

千里捎書只為牆
讓他三尺又何妨
長城萬裡今猶在
不見當年秦始皇

這個故事是安徽一個官員張英在北京任官朝廷時候發生的。

他在安徽老家的人跟鄰居起了糾紛，鄰居修建一道牆，占了他家三尺地。家人自然想到他在朝爲官，有權勢可以打贏官司，所以寫了一封信，派人走了一千多裡路到北京給他。他看了信，寫了一首七言絕句回復給家人，後來傳誦一時：

千里捎書只為牆

讓他三尺又何妨
長城萬裡今猶在
不見當年秦始皇

他的家人看了信，就主動退讓了三尺地給鄰居，還把信給鄰居看了。鄰居大為感動，也退讓了三尺地作為禮讓；所以今天那個城市有一條六尺寬的巷子，在兩家圍牆中間。名字叫做六尺巷。

臺灣人送這個複製的鼎，為的是暗喻臺灣與中國之間的爭端基本上是領土爭端，跟歷史上其他的時代兩國之間的殺伐爭地沒啥不同。所以沒啥必要急著統一。分土而治的狀態從來就不是個大問題。自古以來領土爭端與戰爭從來沒斷過。毛澤東與蔣介石雙方仇恨如今已經不存在了，所以中國要占領臺灣土地的合法理由也沒了。

天下大勢，分久必合，合久必分。誰說未來中國永遠不會分治？也許這種分治將持續三百年或更長時間。今天的人，沒有一個會看到結果。魏晉南北朝歷經三百多年，中國分隔為南北三百多年。那是中國歷史上非常精彩、豐富、多變化的一段歷史，也是人性最黑暗的時代。我們讀史書，聊聊歷史、人物、藝術、文學、哲學，享受一杯好紅酒，然後，把書合上。深思。（B18）

B18：中國歷史上的領土之爭：魏晉南北朝，中國歷史的燦爛而混亂的一頁，出現了不同種族的大規模融合。領土分裂持續了三百六十多年。同樣的分裂也發生在其他朝代。如果連同偏遠地區都包括進來考慮，中國幾乎從來沒有長時間真正統一過。

北京政府根本不喜歡這個笑話，所以這個鼎被送到一個倉庫放著，一直到鄰近的一個小城市修建新的市政府，才收下這個鼎，順便也把臺灣降了一級。

第二十一章　第一次兩岸軍演

桃園機場跟大陸的機場比起來不算大。波音七三七落地非常輕盈，感謝駕駛的巧妙操作，比空軍駕駛員習慣的戰鬥機落地蹦跳要輕巧得多。這是王上校抵達傳說中的寶島台灣的第一個印象。在此之前，他們聽說了很久，從來沒機會親自來看看。他很好奇。身爲一個大陸軍人，他永遠無法做觀光客來台灣看看，因爲他屬於控制最嚴格的軍方人員。(B19)但是這一次他是黨中央特別指派的三人小組的領隊，來台灣參加首次的跨海峽聯合軍演，對抗假想敵日本海軍。

B19：飛行員叛逃到海峽對岸的歷史由來已久。雙方都想方設法引誘對方飛行員駕駛他們的飛機前來。他們是對方的第一目標，所以雙方都非常努力地抵抗誘惑。中共政權成立之初，由於中國人民生活極爲艱難，飛行員的叛逃人數大幅度超過臺灣方面叛逃者。

王上校從來沒想到過竟然有一天他會冒險來跟以前是敵對的台灣軍人握手。黨中央要他來跟台灣開始建立友誼。這是大陸第二次大幅度的改變，第一次是七十多年前的鄧小平的鋪天蓋地的改革開放。中國大陸人民一直尊崇服從一個皇帝，不管幹啥都要聽皇帝的。

他們信奉毛澤東，結果整個國家倒退了至少三十年（B20）一直到鄧小平掌權，變成他們信奉追尋的皇帝爲止。（B21）

B20：傷害和後遺症實際上持續了很多年。整個中國人的思想觀念被嚴重扭曲，特別是在文革期間和之後的幾年裡。政府鼓勵孩子舉報父母，鼓勵學生舉報老師和教授，害他們因酷刑迫害折磨導致死亡。相比之下，史達林（Joseph Stalin）在蘇聯簡單地槍殺了大量的蘇聯人民，還算是很慈悲的。

B21：毛澤東朝代給中國人民帶來了人類歷史上最嚴重的生命損失和文化落後退化。毛澤東死後出現大量文學作品，形成了一個全新的分類，叫做「傷痕文學」，主要是記錄毛澤東時代中國人民的悲慘生活和不幸。幾乎每一個中國人都要告狀，但是不知道向誰告狀。

就連鄧小平也不急著收回台灣，因爲他忙著處理國家其他更緊急的問題。他的接班人們一直沒有足夠力量收回台灣，一直等到習近平掌權，他相信他的軍隊足以跨越海峽佔領台灣。他的接班人改變主意了，他們判斷攻打台灣是一個錯誤，因爲毛澤東與蔣介石的仇恨今天不存在了。攻打台灣，殺死台灣的中國人，讓自己的軍人也死於戰鬥，他們實在找不到一個理由。現在情況變得非常明確，任何一方要派軍隊度海都很困難。如果你的軍隊無法度海，無法佔領對方的土地，打仗就沒有意義了。

王上校與同僚走出空橋，空姐導引他們走到外面與軍方迎接人員會面，跟隨他們找到了貴賓室，台灣的馬將軍與其他幾位飛行員給他們熱烈的歡迎。雙方互相敬禮。

剛毅筆挺的兩個軍人，熱血沸騰的新世代男人，互相致敬，開創了中國人的新紀元。敬禮的一剎那，時間凝固了。

馬將軍說，「歡迎來台灣」。王上校事先看過馬將軍的照片。他是一位很帥氣的台灣軍人。「我代表中華民國政府歡迎各位。國共雙方對立八十年，今天終於有機會握手言和。」他們四周的鎂光燈閃個不停。王上校說：「謝謝馬將軍，我很榮幸能代表中華人民共和國與你們合作，共創未來。」

然後有人帶領他們經過走廊走向餐廳。員警把新聞記者擋在一個距離外，他們在喊著發問。大陸軍人對他們微笑揮手。

機場酒店的午宴非常豐盛。台灣最好的酒是金門高粱，王上校跟同事以前喝過。台灣的煙酒公司曾經是政府經營的，所以他們不會偷工減料。王上校曾經聽說過，如果他們想釀造眞正的好酒，成本根本不是問題。中國有很出名的酒，售價是材料成本的百倍以上。但是很難避免使用添加劑與香料。酒廠需要快速生產香味強烈的酒。問題就出在這裡。他們要快速賺錢。

大陸軍人把眼睛望著身邊的女服務員，她們長相不錯，挺客氣的，裙子很短，但是沒有大陸北方女孩的高個兒。酒店餐廳外面很炎熱，從裡面的空調房間內也能感覺到。這是亞熱帶氣候。難怪女孩的裙子很短。每道菜都很好吃，而且感覺是原味，吃不到味精或添加劑的感覺。第一餐吃得很愉快，因爲雙方都很謹慎，都不多說話。只管吃喝。談酒菜，談天氣，總不會出錯。

吃完中飯，一輛小巴士把軍人直接送到臺灣南部空軍基地裡面貴賓宿舍安頓下來，這裡是通常接待貴賓的地方。台灣飛官提醒大陸飛官不要拍照，雖然這個貴賓宿舍距離管制區域還很遠。反正一般老百姓也是不允許在這裡拍照的。

第二十二章　第二次兩岸軍演

相隔兩年，台灣空軍第二次邀請大陸空軍參加軍演。「歡迎來台灣參加第二次軍演！」張上校開口歡迎王上校與他身邊的其他軍人。兩岸聯合軍演明天早上開始，為期八天。演習結束後，慣例有一場晚宴。雙方敬酒的語言已經謹慎挑選了，事先準備好了。

台灣空軍傳統名氣比較高，因為早年他們的起點比較高，當時二戰剛結束，他們有最進步的戰機，有美軍顧問。相對而言，解放軍當時幾乎沒有空軍。張上校是第三代的空軍，駕駛新式美國戰機。他的爺爺是當年駕駛運輸機送蔣介石夫婦從大陸飛到台灣的。他父親進入空軍官校，算是第二代飛官，駕駛美國戰機。張上校遵循家裡的傳統也進入空軍，接受訓練，與大陸空軍鬥爭，把上面幾代的技巧與經驗傳遞下去，再加上現在的飛機是很先進的戰鬥機，算是有一定的優勢。海峽兩岸的和平維持了五十多年。更早有些空戰，台灣因為有比較進步的戰鬥機優勢，多半打贏。

張上校從來沒有想到有一天會接待一群大陸的空軍飛行員，在聯合軍演之前吃一頓晚宴。這一批人馬比上一批多。上一批只有三人受邀參加臺北晚宴，上次是張上校的上司，一位副司令負責接待。現在第二批來了二十位飛行員。

大陸軍方不知道什麼時候，忽然覺醒，最強的防衛應該是與台灣軍方一起保衛國家。

大陸人沒有理由需要跟台灣人打仗，大家是同文同種，台灣人是比大陸人更傳統的中國人，雖然自稱是台灣人。

台灣人選舉自己的總統副總統，省市長與國會議員。從一九五零年開始，台灣的軍隊一直守衛台灣準備跟大陸作戰。大陸幾次想打過來但是沒成功。台灣早年還努力想反攻大陸，後來完全放棄了。

如果把臺灣人當做敵人，台灣人的危險性遠不如日本、印度、俄國或美國。大陸的國防應該與台灣合而爲一。海峽兩岸經濟貿易往來非常巨大，幾乎變成了一整個的國內市場。海峽兩岸婚姻非常多，第二代出生非常多人。台灣沒有領土野心，永遠不會入侵大陸，一般人都同意這個說法。唯一的困難是大陸無法尊重台灣是一個獨立的政府，是一個兄弟。台灣是第二個中華民族的政府。台灣與大陸以及其他地區可以成爲一個大中華邦聯，跟大不列顛的日不落帝國類似。

台灣自稱中華民國，大陸就沒有攻台的藉口了。現在大陸能找到的唯一的藉口，也就是台灣宣佈獨立，但是這件事沒有發生。如果他是獨立的國家名爲中華民國，中共就能接受，雖然中共聲稱中華民國一九五零年已經消滅了。台灣人還算夠聰明。他們自稱中華民國，避開戰爭，避免互相殘殺，避開戰爭的昂貴代價。

台灣逐漸相信大陸不會攻台以後，可以放棄關稅，交通變成國內交通（對大陸而言一直是如此），而且軍事預算可以更有效的用於國防。但是台灣的警覺性永遠不會放鬆。台灣海軍繼續購買先進的戰艦，空軍繼續用昂貴的預算購買最新的戰鬥機。台灣繼續研究如果共軍攻台如何立即開始報復性反擊。

每三個月一次吃吃喝喝，台灣與大陸軍人聚餐，有助於建立友誼，冬天在臺灣，夏天在大陸北方，春秋輪流。共產黨很擔心他們的軍人接觸台灣民主生活方式，最後可能懷疑，爲什麼大陸人沒有台灣這樣麼高的精神文明：台灣人多年吃穿不愁醫療不愁，逐漸發展出互相的尊重，高度尊重社會秩序與法律公平，對比較高的人生目標譬如宗教或藝術非常尊重。一位大陸遊客對台灣的說法是「台灣最美的風景線是台灣人」，「我們看見的是友善、眞誠、誠實還有對人性的無限的信任」大陸來的軍人會逐漸思考軍事目標的合理性。

台灣的故宮博物院入口石刻的大字繁體字「大道之行也，天下爲公，選賢與能，講信修睦，……」總共一百一十個字。（B22）

大陸飛行員碰巧來參觀故宮博物院，把眼睛避開這個石刻字牌。但是他們心裡有數，知道涵義。導遊人員從來不忘用白話解釋這個文字的意義。

B22：（記禮運大同篇）孔子後代、學生和後來的學者收集了孔子關於禮節和美德的教義，製作了一部名爲《禮記》的書。

大陸軍方總想找機會用金錢或女色來影響臺灣的飛行員，自古以來這是最有效的武器：「英雄難過美人關」大陸對這個方法非常拿手，信心比戰鬥機有過之而無不及。台灣軍方情報單位也是有同樣的憂慮。這麼大的國家，派出來的美女，驚人的美麗，讓人呼吸急促。這是很難對付的非常厲害的武器。這一代的年輕男生女生比他們的父母或祖父母個頭高很多，而且靈巧聰明得多，臉蛋皮膚都非常好看。你禁不住會想起「侏羅紀公園」電影裡面的恐龍蛋被偷了，演化變成超級大恐龍。中國人餓了幾千年，終於能吃飽，有足夠的糧食養育後代，第一次有機會在食物與知識都富裕的條件下養育孩子。真不知道以後會變成什麼樣超級美麗的品種。

但是台灣軍人相信，克服敵人最好的方法是讓對方知道他們的目標是沒有意義的。一兩杯茅臺下肚，軍人卸下他們的心防，打開心胸真誠交友，逐漸明白中國人永遠不要再殺中國人，不管什麼理由。歷史課本上每個朝代都是殺人無數。但是傳說中美麗的貂蟬與呂布，仍然是解決殘暴獨夫董卓的一個好辦法，令人津津樂道。

海峽兩岸都同意，三個月一次的吃吃喝喝完全有益無害，比起昂貴的軍備投入好得多。大陸軍方沒有損失，他們有更多的時間可以對付印度、日本或美國。台灣軍方有美國支持，有海峽保護，對三個月一次的吃喝有很高的期望，在餐桌上解決爭端永遠是最好的方法。

我們都愛吃。一位年輕的上尉說「我們誰都不怕，就算大陸最美的女生也不怕。畢竟，現在還不知道誰贏誰輸呢。」臺灣男人征服女人的心，靠的是智慧與文明內涵，不是只靠秀肌肉或財富。在美色的吸引下，所有的男人都是脆弱的。張上校常常對同僚說：「摟住一個美女的腰跳舞的時候，就是對抗大陸的最佳時機。」（B23）

B23：一位美麗的中國女軍官在西安的一次聚會上經過跳舞，愛上了一位臺灣飛行員。她是中共安排的幾位極美女軍官中的一員，目標是臺灣軍官。他們互相挑戰，得到雙方上級的批准，去國外度假。中國美女很少以智慧和肌肉而聞名。但可以確定的是，她們非常聰明。這是一個最有趣的故事。

政客統統讓路。只有軍人來參加。軍人善良可愛得多。只要不談政治，他們有很多的共同話題。譬如，談女人就是最好的話題，談女人，永遠談不完，可以從歷史談到地理區域各地美女。可以粗俗的談，也可以談得很有格調，你自己看著辦。

政客談判意識形態爭端與藉口，永遠是沒完沒了的。軍人在一起簡單多了，根本沒有問題，他們只管吃喝、談女人。不久的未來，歷史會證明，軍人聰明得多。

第二十三章　戰爭遊戲

大約西元前四百五十年左右，中國哲學家墨子往來春秋各國之間，主張和平，兼愛，非攻。他實際展示了一種攻防技巧，說服楚王，演示給他看，證明他能幫助預定被攻擊的宋國成功地保護自己，最後準備發動戰爭的楚王放棄了攻打宋國的計畫。

現代電腦上的戰爭遊戲進步，非常逼近眞實情況。一位大陸將軍與一位台灣將軍進行的電腦戰爭遊戲是最有趣的。大陸陸軍劉將軍受邀，派出他的軍隊攻打台灣，台灣陸軍的林將軍在同一台電腦上面進行抵抗。他們要鬥好幾次。

渡海作戰

最常用的兩種戰鬥方式包括：大陸海軍運送解放軍十個師的兵力跨海，或者派兩萬名傘兵空降部隊乘坐兩百架次運輸機飛到台灣。劉將軍望著牆壁上的大型顯示幕，看到他的船隻都被先進的電腦雷達系統找到而且瞄準了。他自己動手點擊電腦螢幕，讓飛彈對準船隻發射，結果就等於這些船隻被飛彈擊中，翻覆或擊沉。他不相信，用自己的手機打電話給他自己在泉州的總部，確認他的海軍艦艇在港口內與外海的準確位置，他發現臺灣雷達系統準確度幾乎到達99%。飛彈飛到船隻的位置只需要幾分鐘，他也搞清楚了。

「你們怎麼辦到的？」他問林將軍。林將軍笑笑，說道「山人自有妙計」。劉將軍想起來了，他們的車子進入營區的時候與一輛吉普車迎面而來，上面有幾個穿便服的白種人。他才明白，美國網路雷達系統一定全程參與了。兩岸戰爭基本上就是雷達戰。

另外一方面，台灣的海軍船隻與潛水艇都僞裝很巧妙，要不是根本看不到，就是躲在港口裡面的山洞裡面的鋼筋混凝土掩體港灣地下。林將軍對劉將軍說，「你可以躲在安全的覆蓋物底下，但是如果你開始航向台灣，開到海峽中線行程就會結束了，因爲我們雷達一定會看見移動的船隻。」「同樣的道理，如果我們開船到海面上，你們也能很容易把我們船隻擊沉。」大家的結論是，雙方都不應該開始攻打對方。任何一方的海軍船艦數目不可能比對方的飛彈火箭數目多。任何一方的海軍基本沒有任何機會在跨海的時候存活。海軍看起來沒啥用處了。劉將軍第一次感覺到，數量上的優勢根本不是優勢。無人飛機、無人艦艇、無人潛艇、機器人單兵逐漸取代了昂貴的人力，人多沒啥好處，管理困難，還會叛變，反而是科技領先比較重要，所以臺灣的晶片技術還是有些優勢的。

所有的商務定期船班通過臺灣海峽的時候，因爲他們的航向是順著海峽中線，所以很容易辨認，電腦能自動判斷。每一艘船都有自動識別編碼，就像每一班民航客機都有自動識別編碼，不會被誤擊。演習的其他國家軍艦更會事先溝通識別碼，在發生戰爭的時候，不會發生錯誤攻擊的任何問題。

空降攻擊

如果派兩百架飛機飛過海峽運送傘兵部隊，電腦判斷二十分鐘內最多只有百分之十的飛機能躲過飛彈擊落。這個百分之十的飛機接著就面臨陸地上的火箭彈系統與高速自動機關槍群的攻擊。電腦控制的火箭彈系統能自動對飛機發射，這時候的飛機應該是在傘兵開始跳傘的安全高度。

機關槍是二戰以來就開發成功的防空用的高射機關槍，每秒鐘射出五十到一百發子彈，每台機關槍至少有安全彈藥庫存十萬發，至少可以連續射擊十五至三十分鐘。這是空氣冷卻的系統，不需要使用冷水冷卻。

這種致命的機關槍是電腦雷達操作的，這個雷達可以在幾秒鐘內分辨鳥類、無人機與小型移動飛機、傘兵，不需要人工作業，自動維持空防。將軍們受邀在黑夜來測試這些系統，氣球升空攜帶的傘兵部隊假人，在兩千米高空放飛，這些假人與他們的降落傘每個都中彈二十到三十發，如果這些假人不是用ABS做成的話，可能都被打沒了。

直升機入侵部隊是用每小時速度三百五十公里快速移動的無人駕駛靶機來測試，專門為測試設計的。載運軍隊的直升機靠近登陸地點的時候速度不可能超過每小時二百公里，高度不可能超過一百五十米，所以設計形狀類似直升機而比較小的無人駕駛靶機在距離海岸線兩公里位置朝向內陸飛行，在距離海邊五百米位置被射擊十秒鐘就完全摧毀。劉將軍心裡想，「這簡直是人肉對抗機關槍。」

電腦雷達機關槍系統不貴，他們在臺灣每一個重要地區四周架設了幾百台，包括總統府，海港與大部分飛機場。林將軍說，「所以我們每天晚上能睡得著覺。」

「萬一有些傘兵能降落在高山地區，我們必須拯救他們，否則他們會餓死。在山區救人非常困難，我們必須空投食物與飲水。」林將軍說。「走出高山地區簡直是不可能的。」臺灣百分之七十土地是陡峭的山地。山區根本不需要防衛。每年都有許多爬山的人迷路，都靠緊急救援拯救他們，有些就死在山裡面。

如果傘兵遠離高山降落，只能降落在東西兩側狹窄的陸地帶上，很有可能落海，這又是致命的。你永遠不知道風的方向。

結論是，我們去吃吃喝喝吧。打什麼仗，見他的鬼。

第二十四章　收復失土中國

習近平要收復台灣，統一中國，變成毛澤東以後的偉大領袖。但是他應該優先收復俄羅斯（以前的蘇聯）佔領的廣大領土（臺灣的九十倍大），這個比收復台灣更難。南海諸島對抗南海各國還沒能收回。如果要收復釣魚台列島，日本軍隊發誓要防守，不惜一戰。最後習近平決定，還是後代子孫去實現吧，他在世的時候搞不定。他的接班人都認爲不需要攻台，因爲有更好的辦法。

把台灣推向美國人的懷抱，眞是愚蠢。大陸應該跟臺灣攜手合作對抗日本，中國人恨日本人一百多年了。大陸的海軍與空軍永遠趕不上日本海空軍。在遼闊的海面上，武器的數量遠不如武器的精良來得重要。台灣空軍水準也許距離日本空軍水準比較靠近，可以幫忙培訓大陸飛行員。如果要一百年才能打敗日本人，最好還是跟台灣人攜手合作。美國人對中國領土從來沒有野心，所以美國人是安全的鄰居，不是敵人。

大陸軍人與台灣軍人大吃大喝的時候，美國軍火供應商開始擔心。他們的銷售目標也許要降低。中國人變聰明了。美國政府對大陸與台灣交好，很吃味，但是也沒辦法。他們只能努力確保臺灣不會變成共產國家。美國在台協會，也就是大使館的人員，要求參與海峽兩岸軍演，也獲准了。他們繼續提供美國方面的情報，台灣人也樂得共用。

王上校曾經聽一位台灣朋友說，中華民國從一九一一年開始存在，今天中華民國與台灣是同義詞。我們一直是獨立的，隨時準備跟大陸打仗。我們根本不需要宣佈進入獨立狀態，因爲歷史上我們一直是獨立的。你不可能今天重新宣佈成立中國共產黨，因爲早就存在了。

王上校聳聳肩說，「我是軍人，不懂政治。」冒開戰的危險宣佈獨立，觸怒大陸，是最愚蠢的做法。王上校把玩了這個說法許久，最後得到結論：如果你已經是男人了，還怎麼重新宣佈你是男人？誰都知道你是男人。

張上校舉杯敬酒，然後對來賓介紹他的同僚，其實每個人面前都有名牌。接待第二批軍事訪問團的晚宴非常奢華。四個大桌，坐了四十幾位軍官，主客交替入座。服務員都很漂亮，臉上有友善的笑容，說話的方式讓人感覺她們是大學畢業的，大陸的服務員可沒有這樣的。台灣菜當然跟大陸有點不一樣。酒還是很不錯的，五十八度。王上校心裡想著，你們台灣人眞的要我們明天一早聽簡報的時候還宿醉未醒啊。他警告過同僚，不要喝太多。

第二十五章　邦聯和平條約

中華共和國聯邦和平條約

茲今日二零五零年十月三十一日，中華共和國聯邦（以下簡稱聯邦）各共和國簽訂條約如下：

1.聯邦內各共和國不論大小人口多寡，相互關係一律平等。

2.聯邦內任一共和國遭遇外國侵略，視同全部聯邦遭受侵略，全部聯邦內各共和國將合力對抗侵略者。

3.聯邦內所有共和國單獨可以與外國簽訂個別條約進行合作，參加國際組織，但外交關係條約除外。

4.聯邦內各共和國不得對聯邦內其他共和國進行任何戰爭。敵對行爲視同重罪，被控告重罪的被告可能判刑十年以上，最重無期徒刑或死刑。任何中國人對其他聯邦內中國人發動戰爭以致被害中國人死亡者最高課以死刑。

5.軍人應宣誓保衛自己的共和國與聯邦的整體。軍人應該拒絕接受上級命令，對聯邦內其他共和國攻擊或入侵。學生的教科書必須載明上述的非戰條款。

6.各共和國現在使用的口語與文字定爲該共和國第一官方語言，其他語言形式定爲第二官方語言。

7.各共和國之間的貨品或服務跨境流通不得徵收關稅，但必要時徵收臨時附加稅不在此限。

8.個別共和國擁有自己的軍隊保護自己的國土，遇到聯邦召喚保護全部聯邦的時候必須派兵參與合力保家衛國。

九二共識

九二共識是一種多年前的政治語言，現在沒有人記得了。但是毛教授還是耐心的解釋給學生聽，內容如下：

一、世界上只有一個中國，包含大陸與臺灣，互不隸屬，互相平等，互相尊重。

二、海峽兩岸互動正常進行，市場逐漸擴大成熟，現狀非常正規，幾乎完全沒有問題，以至於無需政府管理，只有各行業工會定期聚會，調整工作規範與內容。所有工作依法進行。政府幾乎完全退出管理工作。

三、臺灣公司銷售產品，依照大陸規定交納稅捐，大陸產品銷售到臺灣依照臺灣規定繳納稅捐。

四、只有一個版本，雙方在同一個版本後面簽字，沒有第二個版本，沒有各自解釋的空間。

第二十六章　我們的臺灣老婆們

金福南今年三十九歲，但是看起來好像不到三十。他經常鍛煉，飲食習慣良好，看起來年輕有活力。他需要找一個女人過週末。杭州美女如雲，但是他心裡想著一個前任女友。

他搜尋手機電話號碼，找前任，王素珊，希望她還使用這個號碼。找到了，他撥通了電話。

「你好，素珊，我是福南。」

「你還好嗎？」

「我就打來看看你是否還在杭州。」

她電話裡的聲音還是很甜。他約她喝咖啡聊聊，但是她說她訂婚了，很快就會結婚。她大約兩年前跟他分手，戀愛長跑了五年。她父母要求她結婚，不能再拖了。福南買不起房子，所以素珊跟他分手。沒有房子就不能在一起。在中國，遊戲規則就是如此。

素珊很甜美，很性感。他真想跟她結婚，但是他的工作不穩定。前一陣子他開了一家餐廳，後來倒了，銀行存款都用光了。然後他進入房地產行業，賣房子。前面兩家房地產公司都生意不好，辭掉了很大一部分員工，福南也是其中之一。

他反正不算是很能說話。有點鄉下口音。外表也不是很帥，看起來普通而已。素珊愛上他是因爲她當初剛入社會年紀小，福南對她很照顧，贏得她的芳心。還有幾個人也在追求她，其中有幾個有漂亮的汽車與房子。這樣一來，福南比較沒有競爭優勢。素珊無法拒絕有錢的生活方式，後來就交了另外一個男友。她有一雙美腿，辦公室每一個男人都被她吸引。

既然不能見面了，出於同情，她告訴他，政府有一個政策，幫助年輕人成家，他應該試一試。她的未婚夫在福利部門上班，所以得到消息。但是有點奇怪，因爲那個政策規定，男人要登記排隊跟臺灣新娘結婚。男方如果跟臺灣女子結婚而且至少生一個小孩，可以一次性領到人民幣十萬元，然後如果跟臺灣女子再生孩子，每多生一個孩子，每年還能多領三萬元，一直到結婚滿十五年爲止。政府低價提供一間不貴的公寓房屋，免頭款，以後只需要付分期付款，也不多。只要維持結婚狀態，他們夫妻共同擁有這一套房。如果搬出去，或者沒有住在這個房子裡面，他們可能失去房屋，按照已經付款多少來決定，或者分期付款金額會提高。（B24）

B24：如果你在共產黨婚姻辦公室工作，你其實有更好的計畫。

另外，臺灣新娘嫁給大陸男人而且懷孕了，每個月可以領一萬兩千元。以後每多生一個子女，還能多領三千元，直接匯款到她自己的戶頭，但是如果離婚或搬出丈夫的房子就領不到這個錢。如果婚姻狀態維持，這一筆錢可以領到結婚後十五年爲止。

於是福南登記了，然後跟幾位臺灣女士約會。但是這幾位女士年紀不小了，也有點難以接受。有幾位太矮，或有點胖。素珊跟他度過那麼多精彩的夜晚。跟素珊相比，這幾位實在沒法接受。一直到最後遇到了一位娃娃臉瘦女士林黛西。

黛西四十歲，跟前男友一起的時候，流產過一次，然後一直單身。交過幾個男友，一直都沒結婚。她看到網路新聞，參加了中國政府的紅娘活動。她在臺灣的工作一直沒有什麼成就，所以不介意搬到中國來。有一次她在杭州的朋友開的茶餐廳幫忙，呆了四個月，從此以後就一直幻想跟大陸男人談戀愛。

她的皮膚不如素珊那麼白，但是她很大膽主動。她第一次跟福南吃中飯以後不到三小時就約他去她住的酒店房間喝茶。福南也不是傻瓜，當然聽懂了暗示。她願意接受他了。

她的床第功夫很了得。老天爺，臺灣女生那麼主動，饑渴。福南正好是她的菜。她急起來連套子都沒用到。她讓福南體力好好的發揮了一場。兩個人都很滿意。她沒什麼好損失的，不會因爲一夜情要求對方付出什麼。福南以前的經驗，女生上床前都會要求給什麼禮物之類的作爲交換。

他們認識三天，就決定去紅娘辦公室做第一次面談，事先約好的。

「請進來，請坐。」接待的女士五十歲左右，聲音溫柔，但是臉上沒有笑容。

「你們要通過三次面談，確定互相接受，兩人都要熟悉紅娘活動的規定。有什麼問題，現在就提出。」他們倆填表，建立永久檔案，詳細記錄全部資訊。這位女士是黨員，她要把第一次面談記錄做成報告。

三十天以後他們要來做第二次面談。男方要宣誓一輩子對共產黨政府效忠，而且勸說他老婆也同樣效忠，然後兩人互相宣誓忠誠。「如果你打算玩玩，不要結婚。如果你打算結婚，仔細想想，先確定，你的確想結婚，才做決定。然後你的婚姻會得到黨的祝福。」

黨非常慷慨的支持他們的婚姻十五年。這十五年中間每個月一次，他們要參加黨員集會，一小時，研讀黨的政策，接受培訓，如何養好寶寶，給寶寶最好的教育。如果兩人吵架，應該去黨員辦公室請求調解。他們仍然必須工作，掙錢，因爲養孩子的費用仍然可能是一個大負擔。

第三次面談是十五天后，他們兩人要做健康檢查，提出檢查報告，準備一些文件做婚姻登記，然後參加一個簡單的集體婚禮，然後聚餐，跟其他新人一起辦酒席。黨部負擔一半的費用，還包括婚紗攝影服務。福南是很滿意的，畢竟靠他自己可能多少年都沒辦法成家。黛西也很高興，女人要的就是一個家，孩子。

王久盛是另外一個例子，他四十二歲，在西部最偏僻的鄉下有一個土磚房，靠近沙漠邊緣，是他繼承父母的房子。沒有女人願意嫁給他，因爲他是農村的，幾乎小學沒畢業，在村子裡掙錢不多，離家到城裡也找不到工作。五年前他去一個南方小城市工廠打工，後來工廠倒了，他只好回家守著年老幾乎不能工作的老母親。他父親二十年前過世了。農村土地貧瘠，沒啥收成，雨量太少，所以這個地方過去五百年都發不起來。他在田裡辛苦幹活多年，顯老，看起來不止四十二歲。他畢竟是老實人，從來不幹壞事，要幹壞事也不夠聰明。他只想找個老婆，生孩子。當下幾乎絕對不可能。村裡所有女人都去城裡打工，工資高，都嫁給城裡人。

曹百里是久盛的老朋友，在附近城市一個餐館當廚師。有一天他路過市中心廣場，遇到一群外國遊客，請他幫忙拍照。他聽不懂他們說的話，但是一位女士教他怎麼使用照相機，他聽懂了。團體拍照以後，那位女士請他跟她合照了幾張。導遊本來沒在旁邊，這會兒過來找他，說是那個女士堅持要他的地址，準備把照片寄給他。

一個月以後他眞的收到她寄來的信，附帶照片，還有一張三百元人民幣的支票，因爲她想給他買一件襯衣做爲禮物，但是不知道他穿的尺碼。

百里買了一件粉紅襯衣，拍照，讓他侄兒用他高中度的英語加上百度翻譯，把照片寄給了她。於是他們開始寫信交往，一直到外國女士給他電子郵寄地址，他們才開始電子郵件交友。一年以後那位女士又來了，在當地婚姻登記處結婚，然後去了德國。百里幾乎不懂她說的語言，但是沒關係，他們相處很好。

久盛很羨慕百里的運氣，他自己還是單身。

今天天氣很好，雖然有點風。久盛看見村委書記上門，有點意外。他來沒啥好事情，一般就是通知交代額外的工作，給附近六戶人家挖水溝灌溉。他們老是要農民挖公共水溝，工錢又給得很少。

讓他很驚訝的是，書記帶來的是好消息，至少書記是這麼說的。如果他跟臺灣女士結婚，讓她懷孕，可以領十萬人民幣，然後每多生一個寶寶，每個月多領五千元。政府的規定是年齡要四十到四十五歲，身體要健康，所以選上了他。如果他能湊錢買村子中央的新公寓，政府還補貼十萬元。他們村裡其他男人不是太小，就是太老。他剛好合適，又沒有不良記錄，所以就選上他。

中國缺少適婚年齡願意結婚的女子，因爲她們找不到有房有車有足夠存款給彩禮的合適的男人。中國每年的生育率逐年下降，年輕人沒錢結婚。很多女生過了四十歲還不肯和農村男人結婚，讓國家出現人口危機。

最後主席做了一個驚天動地的決定。他要派一個部隊，單身男人部隊，去娶願意來大陸定居的臺灣女人。這是把臺灣拉回來的一個辦法。主席的一個參謀說，我們一定要把臺灣可以結婚的女人消耗光，打敗臺灣男人。「總有一天，臺灣沒有人剩下了」。（B25）這個方法比耗用大筆預算購置軍備便宜多了。這樣一來也不需要武統臺灣，殺人無數。兵不血刃，收復臺灣。

B25：主席決定耗盡臺灣所有適婚的婦女。這個方法比飛機、航母和導彈便宜。

的確，臺灣政府有很長一段時間的擔心和頭疼，因爲很多年輕人不結婚，結婚了也不想要孩子。由於新生註冊人數的減少，小學、高中和大學人數不夠，都面臨著很大的問題。許多學校乾脆就關閉了。共產主義的消耗戰計畫是陰險狠毒的。

臺灣女人如果願意嫁給大陸男人，政府以低價提供村子中心的一套公寓房，通常是八層大樓，每一戶大約一百二十平方米。她永遠可以跟丈夫住在裡面。她可以每個月領七千元，總共領十五年年，政府每年給一次回臺灣來回機票。每生一個寶寶她多領三千元。

久盛相信這是他一輩子最後一次找媳婦成家的機會，所以他參加了這個活動。後面發生一些什麼，我們拭目以待。（B26）

B26：王久盛生活得更幸福了，因爲他有規律的性生活，而他以往根本沒有性生活，而且現在有孩子，這在農業上是重要的勞動，另外在中國傳統中也極端重要。

第三部
北大上海校區

第二十七章　北大上海校區

這是一個美麗的秋天的上午。多少世紀以來，經歷過多少代的人，東海吹來的清風，再一次喚醒了少年的心與靈。一群年輕人來到北京大學的上海校區，追尋學生團體的友誼與同窗情。面對文明的茫茫大海，他們在這裡找到智慧與知識。新鮮的空氣讓人振奮，陽光明媚耀眼。

男生、女生比他們的父母聰明，也更高挑健壯。楊守禮的老家是蘇州鄉下一個比較富裕的家庭。身高一米八九，他高中還沒畢業就參加了縣城籃球代表隊。

他在家，每天早餐除了稀飯小菜，一定有牛奶雞蛋。有時候他喜歡吃街頭那一家麵包店的麵包，上面有厚厚一層奶油和乳酪。老媽總是叮嚀他帶上一袋子三明治：「你正在長骨頭，長個子呀，想吃儘管多吃呀」。他心裡想著，我現在還長什麼呀，還會長才怪，那應該是七年前小學的時候。現在不長了。

中國人餓了幾千年。楊守禮屬於歷史上第一次吃得飽的老百姓第三代，長得高而且聰明。他遺傳了父母的好看的皮膚，可能還更好看一些。他的高中英語老師有一次給學生看網路上的一篇文章，把白種人的皮膚與中國年輕人皮膚比較。亞洲人的皮膚毛孔比白種人毛孔就是小一點。不需要放大鏡，肉眼就能看出差別。傳統上中國江南是魚米之鄉，如果不是連年戰爭加上官吏腐敗，江南應該比其他地方更吃得飽。餓死幾千萬人的年代一去不返了。守禮甚至沒聽過。只要吃得飽，中國人可以長得更高，跟西方人一樣聰明，或許更聰明。江南各省的人皮膚細緻出名，男人也不例外。

在校園裡，他常常遇到小姑娘們逗他，但是他心裡想著的是吳秋芬，她是高中鋼琴比賽第一名，有一雙美麗的長腿，南方人的苗條身材。接觸到她的眼波那一瞬間，那個詩歌一般美麗臉蛋，啊呀呀。水是眼波橫，山是眉峰聚。是這麼兩句詩的意境。

她很保守，交往前面六個月連牽手都不行。現在可以牽手散步了，但是親嘴還是免談。她心裡沒數，因爲大學畢業後她準備去美國找姑媽，未來還不知道怎麼安排。有些中國女生很敏感，不想很早接受戀愛。主要還是因爲她心中有自己的想法。

少年的愛情蘊含著無限的美好與沉醉。守禮感覺他的未來可能有很多美女與驚喜。他的父親那一代沒有這麼多的選擇，爺爺那一代更不用說了。他們大部分都是一輩子娶一個女人，然後就守著那個女人一輩子。現在的校園裡面，迷人的女生成堆，美美的襯衣裙子好比服裝秀，如果他想探索女性美一定會沉迷驚豔。其實她們穿的並不是什麼大不了的時尚，只不過是路邊量販店流行的衣服，她們穿著就是好看，守禮總是忍不住多看兩眼。校園裡面有漂亮的大樓，樹木花草，小湖泊，美麗的女生穿著短裙，一波波的走過來。眞不知道她們來幹啥的，是來上大學，還是來秀她們的青春美麗。守禮面對的大學生活，每一件事情都是美好的，享受的，他心情澎湃著。

老爸在他高中的時候送他一台筆記本電腦作爲生日禮物，他上網的時間多了，看到服裝網站的試穿頁面，許多女生秀她們在網上快速試穿新衣，快速換裝，漂亮的臉蛋身材，背景有花園，河邊，房間裡面。然後認識了上大學的大姐姐朱麗麗。她不斷的換新衣服，新背景。他請她展示泳裝，被她拒絕了。後來她讓他看她的泳裝視頻，但是那個身體明顯是別人的。她承認她有點胖。試了很多次減肥，都沒成功，唯一減肥的成功就是VR上面的。她無法吸引同年齡的男生，所以就跟比她小四歲的小帥哥守禮聊起來。她提議網聊性交，他沒興趣。她明白他年紀還小，本來說是她可以教他，但是他有點怕怕。他很喜歡苗條女生。朱麗麗就是讓他提不起興趣。南方男人挑女生，就跟挑食物一樣。老天爺，其實朱麗麗只不過稍微豐滿而已，根本不算胖。（B27）

B27：蘇州和杭州以精緻的男人和女人而聞名，一如他們以文學故事的歷史出名。文學作家有時也會作畫。繪畫往往伴隨著書法。所以，繪畫、書法與文學經常是融合的。男人喜歡身材纖細、皮膚相對白皙的瘦女人。在華南地區，豐滿的女孩通常輸給精緻的瘦女孩。然而，在北方，有些朝代，豐滿的女孩吸引了更多的男人。

有一天他在學校圖書館發現了一個漂亮臉蛋，在圖書館旁邊的小小花園裡面。她的腳踏車鎖打不開，好像是鏽了。他上前幫忙開鎖，摸索那個扭曲的鑰匙，最後解開了。她紅著臉說謝謝，沒說什麼，騎上車就走了。她看見了他孿帥的。

守禮探聽了幾個月，最後問了她的同學才知道她名字叫做吳秋芬。當他靠近她的教室，感覺她要出現在他面前，他的血脈都要沸騰了。

蘇州郊區有幾個大學的校園，很值得一看，勝過老市區。這裡街道寬敞乾淨，旁邊滿是樹叢草地。沿著河邊，沿著道路，有些小花園，裡面有些小池塘。年輕的女生穿著細跟涼鞋走過池塘邊，感覺眞是一道美麗的風景線。蘇州曾經是中國最美的城市之一，經常跟另外一個城市相提並論，杭州。上有天堂，下有蘇杭。蘇州本地鄉下土話的口音很可愛的。有點笨拙但是很迷人。女孩說話嗲嗲的，好像她們細細的腰一樣迷人。

歷史上有名的蘇州園林，很可惜，不再可愛，有點狹小破舊粗糙。算是歷史的一頁吧，也是文革以後殘餘的部分。年輕一代男女只認識小河兩邊寬敞街道沿路的小花園，鋼筋水泥大樓，全國看起來都差不多，是同樣的教授教出來的，同樣風格的建築系，畢業的建築師設計的。

美食是本地人一輩子的追求，搭配聞名天下的黃酒。守禮的老爸說過，小時候跟爺爺一起出去吃飯的故事。有一天你奶奶回娘家有事，你爺爺帶我去一個小館子吃中飯。你爺爺跟小館子老闆聊，他們店裡從小溪抓來賣的活蝦，要怎麼做才好吃。老闆就是廚師。其實他說的，都是順著客人的口氣說話，很有耐心，認眞的討論。剛好客人不多。讓客人滿意還是很要緊的。

他們談的是蝦子怎麼做，用黃酒泡了變成醉蝦，吃活的，放薑絲放醋，或者直接用黃酒薑絲煮熟。兩個方法都是爺爺提的，跟大廚琢磨了半個小時，爺爺才滿意的決定怎麼做，告訴大廚怎麼做，還加上幾條細節要求。

守禮不記得老爸怎麼說的，最後怎麼做這個蝦子。記得很清楚的是，兩個男人怎麼那麼認眞，計較細節，就爲了吃一頓。生活就是這麼簡單。爺爺是鎮上的小公務員，工資就那麼點兒，這一頓飯菜錢夠他買幾包香煙或一瓶酒了。那又怎麼樣呢？反正辦公室裡面沒啥事情。有什麼比吃飯重要？

後來小溪污染嚴重，野生蝦子絕跡了。多少年過去了。現在小溪水清了，但是沒誰有空去抓蝦子，只剩下水鳥抓蝦子。

老爸常說，他很懷念早年的鄉下生活，多麼輕鬆愜意，那是建國的初期吧。今天的人大半輩子總是沒完沒了的追尋各種新的知識，爲了享受，爲了好奇，或者學校課業，或者爲了工作。到頭來還不就是吃三頓飯，躺下來睡個覺而已。老爸說，過日子眞是麻煩。什麼發展工業，經濟成長，簡直就是一場災難。

守禮打開電腦，就看見爺爺跟他說話，那個是他幼稚園的時候錄影的視頻。爺爺，很抱歉啊，我也沒辦法。我可以改回到原來的生活方式，但是我的心是回不來了。他覺得爺爺好像是個好朋友，總是給他提一些主意，但是從來不像老媽那樣干涉他的生活細節。有一次他夢到爺爺牽著他的手在小溪邊上散步，但是總聽不清楚爺爺說些什麼。

其實守禮的朋友們過的日子也是吃吃喝喝。現在蝦子是養蝦場送來的，比較肥，長得快，不知道吃了什麼藥。黃酒不用加添加劑的很少了，找不到。酒坊太忙了，沒空用天然的老辦法釀酒。老爸說，每個人都忙，還有誰在眞的過日子？蝦子跟黃酒味道都變了。說什麼社會進步，什麼文明演進，其實就是每個人都變得懶得要死，不想工作，還死命要加薪水。

守禮四下張望，看看秋芬來了沒。她今天早上應該會來的，他說了要跟她商量上大學的事情。他看了一圈。這裡是有名的北京大學的上海校區。

這可不是小事一樁啊。你想想，北京話跟上海話相差那麼遠，幾十年前北京人跟上海人互相是看不起的，談起對方還會往地上吐口水呢。他們諷刺對方的笑話總是說不完。「除了上海人，其他人都是鄉下佬」上海人就這麼看不起外地人。只有上海人是文明人。北京的情況不一樣。北京人好一點，他們不告訴你看不起你。你要過十年或二十年才發現他們看不起你。他們住在「天子的腳下」。就這麼簡單。總而言之，你無法想像，上海有一個北京大學的校區。

第二十八章　主席下令設立新校區

黨主席下令，在全國大小城市設置一百二十個北京大學新校區。標準的北大校區有一個大講堂，一個體育場，一個餐飲區，一棟電腦大樓。校園一般的活動有舞會、演講、大班上課、運動會、電腦教室與線上課程班。

大部分城市本來就有不止一處的大講堂，體育場，餐飲區，空置的大樓，因爲共產黨傳統上幾乎每天需要許多大樓舉行會議、各種儀式，爲參加的人員提供住宿與三餐，所以只要做一些修改，達到主席要求的目標也不難。有些城市甚至有黨校。所以基本上這是一個分時段共用的過程（注1）。

注1. 過去50年，共產黨大筆投資修建黨的培訓學校、會議中心、會議招待所、會議室等宏偉的建築，目的是培訓黨員同志。這些建築房舍大部分沒有完全使用，也沒有全時段都在使用，所以可以空出一些時段或空間，分時段與大學共用這些建築物。

打岔話題

教歷史的毛教授是守禮老爸的朋友，是他談到過去幾十年大學發展的過程。事實上教授常常來守禮家裡跟他老爸喝茶聊歷史。下面就是守禮聽到的一些內容。下面的章節裡面（B#）代表分開另外一個話題，因爲越說越遠，只好分開一個岔開的話題，B代表分支branch（岔開），或者咖啡時間，或喝茶時間（break），暫停。讀者可以儘量提出打岔話題的相關知識、論述、想法，作者考量，綜合判斷，也許另外出版新書討論這些岔開的話題。所謂喝茶時間的暫停，基本是毛教授聊天暫停，來一杯酒，打開一個新的話匣子。

黨主席的命令，剛開始是在十二個大城市設立新的北大校區，然後繼續挑選了，六十個城市成立北大校區。最後打算達到總數一百二十個校區的時候，只成立了七十二個校區，因爲來北大校區上課的學生越來越少。設立新校區需要的工作人員與教授不夠，也是個問題。

學生們一般在網上搜索宿舍住宿費最低、當值教授最好、餐飲美食風評最佳的校區。

第二十九章　線上線下同時授課，全部教授同時對全部連線的學生授課

這裡的大學基本都是公立的，就是屬於政府的。教授在教室開課的時候，同時也線上開課，所以他們同時面對全部上線的學生進行授課，不管學生在哪裡。教室的課都有錄影，保存三十年，隨時可以收看，有些特別的討論也收錄存檔（注2）。線上授課成爲不合格教授的淘汰過程（注3）。

注2. 中國大部分大學都是政府擁有的，也就是黨擁有的。教授幾乎每天都需要參加黨的培訓，否則無法升級。

注3. 許多教授把全部時間用於發展與上級的「公關」，這樣才能升級到比較高的職位，控制比較大的預算，他們沒有時間做研究或改善教學方式，以至於大學裡面沒有學術研究或學習。當他們必須公開授課而且留存錄影，出現的問題是，大眾不接受他們的教學水準。結果許多教授必須花幾年時間，通過一個趕上正常教學水準的痛苦的過程。大學轉型的過程中，雇用許多專家，對教授們提供培訓，改善他們的教學水準。

清華大學也依照主席的要求在全國成立一百一十個校區，他們偏好小城市，費用比較

低（注4），最後搞成了五十九個新校區。再多就很難維持。

注4. 比較小的城市提供比較小的會議中心或會議室，但是他們未來有比較大的發展空間，而且土地比較廉價，學生的生活費用比較低。遠離大城市對學術研究與發展比較有利。

秋芬打算將來做高中教師。如果她去歐美大學拿到一個碩士學位，也許還能教大學。新的老師如果想做教授，需要在跨省不同的城市經過旅遊教學的過程。從助教升講師，然後升副教授，升教授，每升一級至少要在兩個不同的城市各教六個月以上，還有一些別的規定，譬如不能全部教學經驗都是同一個大學，必須是在不同的大學教。

年輕的老師從事教職需要經過培訓，包括教學技巧與理論、專業領域成績等。最重要的培訓課程之一是野外生活教學，因爲政府要求讓學生接觸眞正的大自然。秋芬的問題是游泳課還沒及格，但是她穿泳裝曝光有點害羞，因爲胸部太迷人。有一次她去市立游泳池試水，發現所有的人都停止說話，不游泳了，都盯著她看，結果她只好逃之夭夭。

有些老師在大學找不到線上教學的職位，可以去補習學校，補習學校對野外生活要求不高。秋芬考慮去補習學校找工作，但是她也想去不同的省市工作。補習學校課程通過教育部委員會審核可以領到補助費，他們也可以向學生收費，但是有嚴格限制。

其他大學大部分都有政府支持設立各省市的分校。分校的目的是給學生們一個歸屬感，同時讓教授們能接觸學生。學校鼓勵學生們私下找教授，變成線上教學接觸不夠的一種補償。反正無論什麼課，線上都有。學生每個月一次登記上課，與教授面對面。有名的教授或老師很難單獨見面，因爲學生實在太多。但是他們都有粉絲俱樂部，經常一起喝啤酒喝咖啡，無所不談。但是不見得所有的問題都能得到回答。（B28）

B28：並非所有問題都得到回答。也許你不值得得到答案。舉一隅，不以三隅反，則不復也。

第三十章　寒暑假，夏令營

暑假兩周，寒假兩周半（就是過年放假）。暑假結束，開始學術夏令營三個月的精彩活動，學生們參加各種研究討論，研討會、大會、宴會、小組討論。參加者需要提早預定好住宿地點才有地方住。許多教授挑選在山區旅遊景點或海邊度假村或市郊風景優美的校區開課。

學校通常鼓勵學生們在山區或海邊露營，同時參加研討會聽課。露營區出租高品質的帳篷，設有衛浴設備。你只需要帶自己的牙刷毛巾就可以。這樣的生活方式比較接近大自然，大自然是智慧與才華的源頭。

夏令營上課跟校區裡面是一樣的，討論也是一樣的。夏令營感覺是一種放鬆的學習方式，學生們可以看山看海，看夜空，看星斗，看月亮。

毛教授喜歡給學生講臺灣著名的神木古樹，在阿里山上。它有三千多年的歷史，但是現在已經死了。另外一棵樹有四千年歷史。眞的夠老了。卽便是秦始皇王朝，也不過距今不到兩千五百年。

樹木的植物能量與魅力

每當你經過一棵大樹，試試跟它打招呼，他可能在你出生前就在那裡了，你死後它還在那裡。毛教授說，你的確是路過它，從時間的觀點來說你是路過的人。你們可以試試和一棵老樹說話。它可能比你的曾祖父還老。它可以告訴你的故事，比你一輩子還多。

無論你的官多大，在大樹面前你啥都不是。你死後很多年，老樹都還在呢。即便是秦始皇，在古樹面前也算不了什麼。中國傳統道家很多年前就開始了研究如何才可以像樹木一樣生存，只靠空氣，水，與陽光，就能存活。中國道家有所謂「植物能量」的說法，也就是植物的能量，可以滋養世間萬物。每一種樹木品種有它獨特的迷人魅力，也就是高大樹幹、波浪狀的樹葉、樹枝、顏色、花樣。道家能夠設法沉浸在樹木的植物能量中，這個能量不同於一般概念的電能、光能、電磁波或力學波，而是指樹木精油、香氣的能量，讓人類能從裡面得到身體的滋養，類似植物細胞膜能讓液體穿透的力，一種透過性。（B29）道家導引「氣」，有點類似調整頻率真空管，捕捉廣播電臺的頻率。

B29：道教是一個很大的話題。「氣」被描述爲人體內的能量流動。隨著各種功法在中國大陸、臺灣和世界其他地方越來越流行，今天越來越多的人熟悉了氣，以及如何掌握它。

如果學生能隨時學習，考過需要的證書，早早找到工作，獲取實際工作經驗，爭取財務獨立，不依賴父母，其實可以根本不參加夏令營。但是有些學生在夏令營學習，遠離教室，效果比教室裡面還要好。大部分學生喜歡夏令營，不需要理由。幾十年前的暑假有時候長達三個半月，那時候生活是緩慢的。現在的學生需要快速通過考試，所以漫長的暑假沒必要了。大部分中國人從來不稀罕度假不幹活什麼的。

第三十一章　沒有文憑，只有證書，就業專用

學生們考試都在線上進行，只需要先跟考試公司登記，經過認證（B30）。考過幾科，就取得幾科的證書。不需要到教室裡面參加考試，只需要上網就能考試，然後經過一個認證的過程。考過了就收到證書，沒有文憑。

B30：確認你是考試前後的那個人——這不是問題，一點不難。

學生年滿十二歲就能上線上課，參加考試。有些大學某些科系要看學生的在校成績，當做考試公司的應考資格，但是幾乎所有的課程都有線上的課程，那些要求應考資格的多半只限於需要跟著教授或大師們，有師傅帶學徒工作方式的科系（注5）。有些醫學院要求西醫科系的實習醫生必須跟著資深醫生工作三年。

注5. 現在經濟發展缺人力，讓孩子們提早進入就業市場，對經濟發展有很大幫助。年輕人進入勞動力市場可以支撐老年人的福利支出。

畢業不再是一個畢業典禮（commencement）了。每年夏天，各大校區舉辦畢業慶祝會，歡送離開校園參加全天工作的學生們，他們在校園裡面學習了兩年，三年，四年或五年。他們隨時可以回來。實際上他們根本從來沒有遠離校園。學習是一輩子的事情，同學是一輩子的同學，老師是一輩子的老師，因爲學生們在社會上遭遇挫折總是回到學校找尋答案與指導。有些時候老師對學生遭遇的問題並不熟悉，自己還需要進一步深造，趕上時代。

教育證書與就業

學生找工作需要提出考試成績（依照雇主的規定），這些成績單是考試公司依照就業市場與雇主的規定來設計的，政府招聘也一樣。最常見的要求就是託福與雅思。雇主可以從考試公司的功能表Menu（注6）挑選招聘條件成績單。Menu選項還包括了一些有名的教授或大師或專家們發出的成績單。此外，AI（人工智慧）與面對面測試或面談報告Menu也可以提供。

注6. 考試公司是許多教授與社會學專家組織的公司，爲了服務雇主而設計的許多考試科目組合，符合雇主的需要，被稱爲Menu。

在過去，很多雇主抱怨，新招聘的員工的文憑或學位跟他的工作表現簡直就沒啥關聯。主要問題出在人格方面，或個性缺陷。此外，學校教的跟工作職場的需要往往不能配合。

南京第一人民醫院招聘急診室實習醫生，要求如下：

——在表列十大西醫學院之一受過四年教育

——在表列二十大中醫學院之一受過兩年非西醫教育

——託福初級成績單，加上身高體重、體力、靈活度的測試報告，因爲急診部醫生有時候要搶救大災難傷患。

依照Menu的建議，還增加了其他規定：

——自控良好的人格特質，能面對連續長時間壓力

——樂觀、愉快、自在的個性

長沙火龍湘菜餐廳招聘助理廚師：

——湖南省內大廚簽署的一年廚房工作證明書（B31）

——過去十年內，最多不超過連續兩年內通過六科食品安全與營養學科考試（B32）

B31：什麼是好廚師？好廚師應該讓一家餐廳出名，服務時間至少2年，爲餐廳吸引了良好的客人流量。使用添加劑應視爲毒藥，嚴禁使用，否則可能會損害廚師的聲譽。顧客想要食物的味道，而不是化學品。中國的餐廳，因爲競爭，添加劑使用很廣泛，尤其是貴的餐廳。

B32：一些食物推薦給有特定健康要求的客人，例如，當客人上火，想要降火時，有些特別的功能表。湘菜以辛辣著稱，容易上火。

——AI測試出來的良好個人衛生習慣

——AI測試出來的愉快人格與容易相處的個性

國家半導體研究院招聘初級研究員，要求：

——物理、化學、基本電子學、高等數學，每科至少八十分，加上另外二十一個科別至少七十分。物理、化學、電子學、數學使用Menu當年測試考題，其他二十一科是從其他考試公司各科題庫挑選。

南京公交公司招聘駕駛員，規定如下：

——持有大客車駕駛證至少一年
——四十五歲以下，身高一米七四以上
——十二個月內的健康檢查證書A級或B級
——經驗不拘
——經過Menu專家緊急反應測試通過，包括駕駛安全穩定度

職前培訓與挑選過程

商業世界瞬息萬變，所以各種公司必須開設自己的培訓課程，以培育自己的人力新血。參與培訓的求職者最多只有百分之四十最終會被錄用，而其餘的必須另謀高就。在培訓期間，受訓人員只能拿到少量薪水，完全比不上標準起薪。

學生必須提供就學期間積累的所有證書和記錄。重點放在基本技能上，包括：

一、與他人合作的能力
二、學習心態和學習傾向
三、職業道德和傳統美德
四、工作習慣與生活習慣

就業預測

中央政府和地方政府提供了一份詳細的就業預測，準確地顯示了目前或未來六個月、十二個月、兩年、三年和五年人工智慧預測的工作地點與內容。預測內容在互聯網上每週修改一次。大部分雇主一直與國家就業服務中心保持聯線（B33）。

B33：當然是在保護使用者隱私的密碼系統上。

當雇主通過線上面試對求職者感到滿意時，如果需要，求職者可以到雇主辦公室或工廠進行面對面面試。一些雇主會提供電子火車票。工作職位通常提供臨時住宿。否則，市政府、鎮政府可以爲申請者提供臨時寄宿（B34）。

B34：許多高中或大學可以由當地政府補貼資金提供臨時寄宿。雇主通常願意在必要時支付少量費用。

列車長會檢查求職者的車票，確保他們安全抵達目的地城市或城鎮。然後接待人員將通過預約接待求職者，就在火車站月臺，依照車廂號車門接人，並將他們帶到安全的住宿和工作地點。當求職者是年輕女性時，這一點非常重要。如果最終沒有達成雇傭合同，未成功的申請人將被護送到火車站，並被送回他們原來的地方。招聘的單位會聯繫求職者的家屬到火車站接人，並且回報給招聘單位。這就是所謂的密閉式報到上崗（B35）。

B35：封閉式報到，旨在保護求職者，尤其是剛從學校畢業的沒有經驗的求職者。中國高中、大學畢業生數量龐大，問題十分嚴重，需要管控。

雇主可以接洽考試公司或查閱他們網站所有的各項服務。Menu是長時間積累的成熟的全國現有一萬多種工作任務需求測試題庫，從消防隊員到園藝人員到教師等等，分門別類，貼近大部分工作職位。他們也提供與工作職位無關的幾千種任務，譬如打麻將怎麼贏錢，如何預防婚姻失敗等（B36）。

B36：Menu是爲雇主和求職者服務的軟體。經過一段時間後，他們爲各種職位制定條件，提供考試，與並且發給證書，並不斷修改考試內容，成功地滿足了大多數雇主的需求。

Menu發展的教師各種任務主要是創造學習的動機，尤其是針對幼童的需要，譬如算數的遊戲。法律與社會秩序課程一開始就教孩子們怎麼做一個受人尊敬的公民，最後也發展到宗教課程。教師的培訓主要是熟悉Menu內容。

第三十二章　榮耀與傳統

北大與清華逐漸失去他們的傳統與名望，因爲教授們不能永遠待在一個校區，必須各處旅遊講學。越來越多學生變成校友，校友的尊榮就稀釋了。早年成爲名校的特色現在逐漸褪色。老教授們只能歎氣。他們屬於永遠翻過去的那一頁。現在的教授們努力工作、建立個人名望，主要在研究與教學上面，成就自己的地位與高收入。團隊合作，積累的高水準研究成果仍然是教授們的重要資產，但這是屬於互聯網上的更廣闊的知名度。如果他們滿足了旅遊教學的規定，也可以選擇長期停留在一個自選的校區。教授與校園、學生、研究工作、緊密結合的複合體成爲教育行業的新風景線（B37）。

B37：教授的研究水準和融入研究工作的學生不斷遇到很多問題。但大多數成功的合作產生了著名的學術成果，因此最終教授和學生在許多規則上達成一致，最終成爲中國大學典型的學術研究的普遍制度。這在早期的中國大學中是不存在的。

北京市的北大與清華原來的校區逐漸轉變成爲舉辦國際會議之用，而且名字改變爲燕京大學與清華園，以紀念他們開創的初期，與創始人，或早期的校長。到了放假的日子，全國各地學生來到這裡拍照，感受一下他們屬於這兩所大學，但是只能證明他們參與過這兩所大學的教授們的線上課程。

學生們可以廉價預定北大與清華六人一間的學生宿舍，每年最多一次，三天。如果要超過三天，只能在校外找低價酒店。最熱門的的拍照景點是大門與圍牆，因爲其他許多大學幾乎都沒有大門與圍牆了。

第三十三章　沒有大門，沒有圍牆

多少年以來，把孩子送進大學是一個痛苦的折磨。過去的三十到五十年，中國的父母們花了很多錢，很多時間，到處請托，把孩子當做囚犯一樣的看管，安排孩子們的學習計畫，分分秒秒都必須停在學習模式，有時候甚至要犧牲睡眠時間（B38）。

B38：部分升學率高的學校採取軍隊式管理的教育，絕對控制學生實現二十四小時學習模式，造就了一代神經質的年輕人或多或少的精神錯亂，但他們在某些地區成功的讓更多學生進入大學，變得遠近聞名。對學生心裡的傷害，無人過問。

現在忽然他們搞懵了，沒有大學之門可以擠進去了。沒有大學窄門可擠，因爲大學都沒有圍牆了。青年男女隨時可以踏上探索人類知識大海之路，誰也攔不住他們。大學之門不需要打開了，因爲門都沒了。孩子們隨時隨地可以線上上開始上課。最少上兩年課就能開始找工作。

大學不發文憑了，所以雇主不再要求求職者提出文憑，他們要求的更多更精細的成績單，有時候包括學習歷程記錄，也許大致是老師、家長與學校各種記錄的總和。

父母親、爺爺奶奶們，幾代的人，渴望看見他們的孩子受到最好的教育，那種焦慮感覺一時無法排遣。家長認爲孩子必須努力學習，毫無商量餘地。有些家長認爲孩子非要在班上排名前面的百分之五不可。不知道誰訂的規矩，反正就是必須這樣。但是一個班上不可能每個人都在前百分之五。這種可憐的病態想法持續了幾乎六十年。

這種焦慮感其實自古以來就有，老一輩的要求孩子們爲將來的困苦生活做準備，那是一種安全感。受教育，拿文憑，各種證書，好像就是存糧食，爲家人度過饑荒、戰爭、災難做準備。孩子的教育等於是父母爲他們存糧，不管孩子喜歡不喜歡。中國的不安定持續太多年了，誰也不知道會發生什麼事情。

到了現代的中國，這種焦慮感積累到最高點，好像一盒炸藥，造成兩代之間的緊張壓力。父母與孩子之間有各種心理毛病，有時候就爆發成災。

現在，大學開放了，所有的焦慮感都消失了，大家都高興。學生心裡很淸楚，只需要哪些課程通過考試，就可以獲得想要的工作，多一科也不需要。

既然不需要去擠大學的窄門，父母孩子之間壓力造成的悲劇完全消失了。家長們一年三百六十五天每天二十四小時的孩子學習競爭的焦慮，都解脫了。孩子們自由自在追尋自己的興趣與願望，提早找工作或享受人生，找工作花的力氣最少，享受人生的機會最大。父母與子女都有足夠的時間發現人生的意義，如何過快樂的生活。

以後不要學生考試了

最有趣的變化是，百分之九十五的每週、每月的考試和各種考試都被取消了。教師逐漸明白，必須通過激勵來幫助學生學習或獲取知識，而不是強迫學生學習和考試來懲罰那些考試不及格的人。學生們快樂得像空中的百靈鳥，因爲他們不需要去考試，所以沒有學習的壓力。以往學到的知識，與日常生活無關，多半是無用的，但爲了考試還是要背下來。考過了很快就忘記了這一切。考試是一條鞭子，鞭子是抽打畜生逼迫畜生工作用的，對學生不能使用鞭子。

學校從此不考試

由於考試並非達到學習效果的必要步驟，造成的傷害大於益處，絕大多數大學、中學、小學都取消了考試制度，大幅度減輕了教師的工作負擔，不需要出題、監考防作弊、改考卷、公佈成績。

每一門功課的教材仍然附帶了學生自行測試的考題，但是由學生自己選擇時間、次數、自行測驗，自行電腦閱卷評分，自行瞭解。除非學生要求，老師或校園顧問不干涉、不參與、不協助。如果學生提出請求，老師仍然要協助指點學習的方向。

考試公司與政府或私人機構、公司等合作制定的考試方式，針對的是用人單位的需要，考題是依照用人單位的需要量身定做的，學生自行決定何時參加考試、取得考試記錄，作爲求職的依據。

所以求學的過程快樂多了，只爲了求知而求知，不是爲了考試而學習。學生的生活變得更快樂、無憂。學習與求職徹底分開了。考試作弊完全消失。

守禮最有興趣的部分是探索世界，包括愛情與性生活。但是他喜愛的音樂與秋芬喜愛的音樂不一樣。眞是個麻煩。秋芬喜歡學英語，英語課從來不缺課。網上有一位在上海住了許多年的倫敦大學教授教英美短篇小說，她特別喜歡看。這個課是爲高中生享受初級英美文學開設的。

守禮喜歡各種運動與鍛練，包括游泳、籃球、田徑，但是他也明白，需要有一個比較寬廣的知識基礎，才可以選擇他未來的專業，所以他參加了附近一個大學建築系學生的建築學社。這個社團經常設計各種房屋或小型特殊建築的工程案，譬如高山山區收容迷途登山客的緊急救難小屋。有些老會員教他去哪裡找幾何學的書本，哪裡可以找到微積分課程。學了一陣子，他決定要上這些科目的線上課程。

守禮英俊的面孔吸引了秋芬，但是她還是在他身上找尋成熟的心態。有一次她問他：「你對將來工作有什麼想法？」他說：「我要蓋一間房子自己住，能源自足率到百分之九十的房屋。我們老師教我們怎麼設計，我參加了整個房子建築的過程。」秋芬問：「有沒有設計一個門廊，可以坐下來，聊天喝咖啡讀書的？」她關心的是生活格調。她讀過的短篇小說裡面提到英國與美國一些房子前面有一個可愛的門廊，面對著室外生活。中國人沒有室外生活，只有少數有錢人住獨棟的房子，帶有一個小花園，四面都是高牆，免得鄰居能看見裡面，否則就是窮人直接坐在家門口路邊喝茶。其他人都住公寓，從買了房子開始都一直關在房子裡面，好像監牢。打開大門跨出去一步，就不是你的空間。

「啊呀對啊，你提醒我了，我沒想到門廊。」

「你會蓋一棟房子給我住嗎？」她試探有沒有浪漫情懷，多半也是開玩笑。守禮回答：「如果你嫁給我，當然」「但是我不會很早結婚。」這是個問題。中國女生都希望早早結婚，也許三十歲前結婚，但是男生一般不會三十歲前結婚。

守禮望著秋芬，她眞漂亮。眞可惜她不肯享受婚前美好的性生活。女人的美貌很早就結束，比男人吸引力結束早得多，但是女人的吸引力開始得很早。中國的詩句裡面描述少女的美麗從十五歲開始散發魅力。（B39）秋芬十七歲，好像是一個熟透了的甜美蘋果。她的吸引力迷死人。他不敢盯著她的身材看太久，怕被她發現他的不正經的注視焦點，也是怕自己把持不住面對強烈的性的吸引力。她眞是迷人。

B39：洛陽女兒對門居，才可容顏十五餘：幾百年前，中國的平均壽命較短。與現在中國年輕女孩相比，古代年輕女孩早婚早育。然而，今天少女的魅力仍然是世界各地各個年齡段男人的致命吸引力。

與上一代相比，他們有很多的自由，追尋愛情或性生活，或在學校受教育。秋芬的媽媽總是很擔心。有這麼美的女兒，不擔心才奇怪。媽媽總是警告她：「我要你保證不會跟男生失身」她的標準回答是：「媽媽你不要擔心，我不是笨蛋」（B40）。

中學六年的主要改變是，學生不再傻傻坐在教室裡面不知道幹什麼。學生坐在教室裡面就必須知道怎麼打算，問自己：我受教育想得到什麼？我要學什麼？想不出來，就去問老師，問校園顧問。

B40：有一個一小時的課程，叫做「女孩的智慧」，教導女孩們，認識早戀和性生活的各種故事，導致流產、令人心碎的愛情，對比的是比較成功的成熟和幸福的婚姻。在老師的帶領下採訪不幸的受害女孩，對於警告其他年輕女孩在她們年輕的愛情中向前看是非常有用的。

第三十四章　大學曾經是一種障礙

早年在中國，對大部分人來說，上大學是唯一的路。實際情況越來越清楚：好的大學就那麼幾個，裝不下所有的高中畢業生，遠遠不夠，所以就出現了競爭。

競爭本身是一個障礙。學生們必須浪費很多時間專心念書，然後參加筆試，寫出正確的答案。這樣一來他們無法正常吃飯睡覺，正常運動，正常探索知識。他們的年青歲月消磨在書本上，書本是舊的知識，他們無法依照自己的人生經驗追求自己的興趣。考不上自己想進的大學的人，總是比考上的人多。這些都是人爲的障礙，讓人生充滿了不必要的困難。考試是人類發明的很糟糕的一個制度。但是當雇主招聘的時候要確定求職者是否合適，考試仍然是必要的。有時候考試很管用。沒有別的好辦法。

當一代的人想把知識傳遞給下一代，考試實在沒有必要。中國人花了很長的時間才搞清楚。學生要過往後五十到一百年的日子，依照他們在世界上發現的新知過日子。過去一百到兩百年的知識也許可能有必要，但是肯定是不夠的。有些人說，教育不僅僅是把知識傳給下一代。教師要激發學生的創造力，幫助學生學習，養成學習的習慣。在中國，老師們自己也需要學習什麼是創造力，他們成長的年代，環境造成他們的習慣與個性都沒有創造力。

成長、發現、瞭解

今天的老師們相信青少年的快樂是「成長、發現和瞭解世界」。守禮記得當他第一次發現他以前沒有毛的地方長出了一些毛，他去找了一位老師。老師說了一大堆有關性生活的優美和樂趣。查理聽得著迷，開始很長一段時期搜尋知識，男女相同與不同之處，等等。不幸的是，秋芬對這個話題一點也不感興趣。總而言之，成長、發現和學習成爲青少年的生活樂趣。每當學生提出問題時，老師都會提供大量知識。這個話題帶學生進入了文學、藝術、生理學、健康等很多的新話題。

一千多年前中國河南的學者韓愈提出了〈師說〉：「師者，所以傳道、授業、解惑也。」（B41）所以，中國從來不缺理論。但是最近若干年，大學畢業生要遠赴西方國家去學習教育和教學法。好在，不久前教授們開始從中國古書中「下載」智慧，並努力追趕。

B41：中國最早的教育學理論基礎之一。由韓愈提出。完整的理論如下：

古之學者必有師。師者，所以傳道、受業、解惑也。人非生而知之者，孰能無惑？惑而不從師，其爲惑也終不解矣！生乎吾前，其聞道也，固先乎吾，吾從而師之；生乎吾後，其聞道也，亦先乎吾，吾從而師之。吾師道也，夫庸知其年之先後生於吾乎？是故無貴、無賤、無長、無少，道之所存，師之所存也。嗟乎！師道之不傳也久矣！欲人之無惑也難矣！古之聖人，其出人也遠矣，猶且從師而問焉；今之衆人，其下聖人也亦遠矣，而恥學於師。是故聖益聖，愚益愚。聖人之所以爲聖，愚人之所以爲愚，其皆出於此乎？

愛其子，擇師而教之，於其身也則恥師焉，惑矣！彼童子之師，授之書而習其句讀者也，非吾所謂傳其道、解其惑者也。句讀之不知，惑之不解，或師焉，或不焉，小學而大遺，吾未見其明也。

巫醫、樂師、百工之人，不恥相師；士大夫之族，曰師、曰弟子雲者，則群聚而笑之，問之，則曰：「彼與彼年相若也，道相似也。」位卑則足羞，官盛則近諛。嗚乎！師道之不復可知矣！巫醫、樂師、百工之人，君子不齒，今其智乃反不能及，其可怪也歟！

聖人無常師：孔子師郯子、萇弘、師襄、老聃。郯子之徒，其賢不及孔子。孔子曰：「三人行，則必有我師」。是故弟子不必不如師，師不必賢于弟子。聞道有先後，術業有專攻，如是而已。

守禮的歷史老師提過這個話題。按照歷史老師的說法，知識有兩種：必要的知識，與最好能有的知識。男生必須學著自己做飯，去哪裡找尋購買合適的食材，才能享受美食。女生必須學怎麼換電燈泡，怎麼使用電鑽固定一個架子的支架，怎麼保持汽車良好狀態，才不會壞在路上。這些是必要的技巧。課本上的知識百分之九十五都會忘記，因爲現實生活裡面永遠用不到（B42）。

B42：必要的知識是根據中國各省的目標生活方式和地理情況進行教學。各種必要知識的百分比的預估是一個稱爲「必要知識的內容與學習年齡」的課程。

最好能有的知識，包括如何使用圖書館，如何上網找到某一件工作怎麼做，如何找到學生希望學習的專門知識的開課輔導的教授，人生的意義，如果迷路了怎麼找方向，等等。

歷史課也許是必須的課程，一個人必須知道過去的人犯的錯誤，才可以避免重複這個錯誤。很多孩子們喜歡選擇上「歷史上的錯誤」課程。

學校提醒老師們，不管有沒有老師的干預，學生的成長都在繼續進行。它是不間斷的。唯一的區別是學生是否按照老師的計畫成長，或者老師的影響百分比。隨著時間的推移，學生瞭解世界，建立自己的世界觀。

有一個故事，是關於山西小縣城一個高中輟學生王新福的情況。他家庭經濟困難，實在沒法好好念書，不得已離開學校去打工，掙錢養家，讓弟弟妹妹能繼續上學。他自己省吃儉用，努力工作，不斷成長，最後全靠自己的眼光獨到，挑選了掙錢的行業，賺到了第一桶金。他的成功與學校無關，全靠自己聰明，成爲一名成功的商人。他也一直自卑沒有讀好書，但是環境的確不容許他繼續讀書，只好不理自己的自卑。他說：「我根本不理它，」他說。「雖然我沒讀什麼書，但我從未停止成長，一直在學習，無論有沒有學校，我不停的學習。」

第三十五章　努力工作可能是一個錯誤

不限於年輕人，所有的人都從學習獲得知識。

當你打開心扉，智慧出現，學習的過程開始。在圖書館或在家努力學習，有可能是一個錯誤，除非你喜歡你正在學的東西。學習的過程應該是自然發生，雖然大部分人還是在壓力下學習，爲了某一個目的而學習。科學家、學者、研究人員獲得偉大的成就，都是因爲連續不斷的努力工作，因爲集中精神。所以，在學生與老師的心中，「努力工作」可以用「集中精神」來取代。如果學生不喜歡學習的題目，但是被逼迫去學習它，變成可怕的時間精力浪費，經常破壞了對那個題目可能有的興趣與樂趣。同時，它也是對年輕人不必要的折磨。

六年坐著過是一個大錯誤

總之，在中學教室裡面每天坐八小時，每週五天，坐六年，一定是錯的。這樣做只保證年輕人不健康不強壯，他們應該是更健康強壯的。許多研究證明，長時間坐著會損害人體健康，不僅對成年人和老年人如此，對年幼的孩子也是如此，尤其是在他們成長的時候。中國有些人喜歡說：「少年強，則中國強」。如果學生少年的時候被強迫坐六年，每天八小時，怎麼強得起來呢？

一百年前，學生們有充分的時間思考他們的功課。今天由於無限的巨大信息量與知識與生活壓力，學生們一般沒有足夠時間思考他們學習的課目。老師的功能就在這個時候能派上用場。學習而不用大腦思考，知識傳遞給下一代的過程有時候需要思考，否則無法傳遞，常常變成失敗。

校園顧問扮演重要的角色，提供建議與諮詢。有一門課叫做「做你喜歡的事」。學生有時間可以加入這個課程。那裡的顧問和老師組成一個小組，幫助學生探索他們的興趣和傾向。你喜歡電子遊戲嗎？好吧，Menu和相關行業發明了幾千種遊戲來激發學生的創造力，挑戰他們的能力。你喜歡音樂？很好，你可以加入樂隊演奏。你喜歡寫詩歌？太好了，老師幫你找靈感，提供很多偉大詩人的句子分享。你寧願發呆，什麼都不做？好。放鬆和休息。只要你「存在」，就是留在課堂上的好理由。等你想幹啥的時候再說吧。

如果學生早上無法早起，晚上過了半夜還不上床，這是一個社會問題，需要調整。如果學生因爲不喜歡動，不能接受一定程度的體力勞動，學校應該付工錢，讓學生做體力勞動，譬如挖水溝，或搬運重物，下田工作等等，有嚴格的指標規定，幫助學生改變習慣。校園顧問負責處理這樣的問題，努力幫助學生，到某一個限度，他們是除了父母以外最好的輔導人員，通常比父母更有效。有時候父母會請顧問來幫忙。除了校園顧問以外，也有許多線上的顧問。不同的年齡與背景。他們很容易就說服學生，體力勞動可以改善人生的許多方面，只需要每天或每週一次，流汗就可以。在中國，這是一個重大的問題，甚至需要黨主席來過問。

「人類文明」課

有一個名爲「人類文明」的課程，由教師和顧問組成的小組幫助學生找到他們感興趣的課程，以成爲一個文明人，包括寫信、發表簡短演講、遵守社交禮儀，讀一本書，唱歌，跟著音樂跳舞，基本詞彙等。老師出具的證明，有關學生特殊傾向或才能的證書，對於可能要求此類證書的未來雇主來說會很重要。課程爲期一年，不斷延伸到其他課程，成爲學生一生愛好或興趣的源泉。

第三十六章　從動機開始學習

老師們採取「動機法」，學習效果好很多：也就是教任何課目的時候，從舉例開始，幫助學生找尋答案。找尋解決方案的過程，學生們能學到數學、物理、化學、生物、社會學等等。學生學著設計一個簡單的房子，他們跟隨師長導引，探索計算、幾何、水泥與磚塊，外牆保溫，冬天採暖，各種不同的能源來源。

傳統教學方法是直接教各種定律、規則、公式。而「動機法」從舉例開始，大部分是日常生活的範圍，或者稍微超出一點。電學基礎要從燈泡、加熱器、電磁接觸器等開始教學，顯示電流是什麼，怎麼測量，電壓是什麼，電阻是什麼。一個學期幾乎進行到一半了才把教科書發給學生，所以學生們驚訝的發現教科書裡面許多有趣的內容他們都學過了，但是以前不是很瞭解。

學生們隨時可以去找顧問，找自己喜歡的顧問，想談多久就談多久，免費，只要先預約。未來的雇主有些共同的要求科目，學生們總是要考過這些共同科目。

學校鼓勵學生參加同儕團體，跟大家一起學習、討論、測驗，爲了考試做準備。這樣比獨自學習好一點，在團體中可以互相鼓勵。

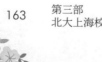

教科書可能是障礙

教科書本來是當做橋樑用的。
結果它們幾乎經常變成障礙。

主席下了指令，除了教科書以外，應該試試，讓學生直接學習。學生尚未看見教科書之前，應該先接觸要學習的目標物。當你不需要橋樑的時候，還去過橋，你就是個傻蛋。

秋芬是在家裡的冰箱清點雞蛋的時候學的加法與減法。冰箱門上的雞蛋架子幾乎空了，架子上只剩五個蛋。媽媽要她去買一些蛋補齊空格供應下周用，不要多買，放久了怕不新鮮，即使在冰箱裡也一樣。剛好補齊架子空格就好。這個很好玩。秋芬算一算空格，十個手指頭不夠啊。可不可以算出全部位子，減掉五個就好。總有辦法吧。

就用小學背的九九乘法表。當時她覺得很乏味。幹嘛背這個表啊。我有手指頭啊。我不會算嗎。當時她心裡這麼想。她十歲以後，使用乘法表的機會逐漸增多。書桌墊子上面印好了九九乘法表。查表就夠了。後來需要計算的問題逐漸多了，她就開始想背下來。

教科書都很精美，有自然、歷史、地理、社會等等。教科書的問題是，經過美術編輯設計，太精美，它們本身太吸引人，讓學生浪費很多時間。從教科書獲得知識，還不如從實際生活獲取知識來得快。在實際生活中，各種人物與教科書描寫的不一樣。動物、工具、街道、房屋、用具、汽車等等也是跟書上描述的不一樣。教科書在所有的東西表面蒙上了一層僞裝，一層薄膜，看起來不是眞的，好像是一種冷冷的「知識」。不妨讓孩子們直接接觸眞的昆蟲、動物、花草樹木，當他們看得見、感覺得到實際的東西而發生興趣，他們會想找圖書館的書本與網路平臺看更多。總之，教科書自成一格，形成了另外一個世界，跟現實世界並存。守禮記得他第一次參觀動物園時，動物園導遊告訴他要遠離熊的籠子。牠們很危險。牠們確實非常危險。「但在我們幼稚園的漫畫書中，熊都是可愛的，與人類很親密的！」他問他的老師，老師解釋說漫畫書遠非眞實。他的玩具也有同樣的情況。有一天，父親讓他清理閣樓裡他的東西，他發現了一大堆他在幼稚園時收到的玩具。現在看起來都很愚蠢，都是一大堆塑膠，裡面裝小馬達和電池，遠不如小學老師教他用竹子與麻線做的弓箭有創意。（B43）

B43：例如弓箭：這是一個簡單的手工玩具材料套裝，供孩子們學習和玩耍，加上許多其他兒童玩具，以激發孩子們的想像力和創造力，材料來自鄉間的樹木、竹子和草。這些不止是孩子們爲自己製作的玩具，而是實際上往往可以當作工具用的玩具。創建孩子自己的工具可以幫助他們熟悉可以在未來生活中使用的材料特性、專用工具、或系統。

歷史、地理都記載在書本裡面。看電影、小說、卡通、可以讓孩子們提起興趣。歷史不會重現，所以還是需要有教師、作者或製片人製作的影片或書本。

地理課本也是同樣的問題，即使你直接去地理課本上面的那些城市，你還是需要看地圖，不論是電子地圖或印刷紙版上面的地圖。

第三十七章　校園腐敗對比補習學校

大學開放以後，校園腐敗的現象降到零。大學的院長、系主任、高中校長、老師等沒有機會利用權利發財。他們現在只能認眞工作謀生，不可能靠權力賺取豐厚的灰色收入。（B44）

B44：校園腐敗包括虛假論文、虛假教授評分、虛假投票和虛假一切，保證沒有學術研究，只有政府或校園官員之間的現金流，支付一切，沒有錢買不到的東西。與現金賄賂相比，性醜聞相對較少。

李珍珠是一位年輕的離異母親，她拼命想給兒子提供世界上最好的教育。大學畢業後，她很早結婚，像大多數漂亮的女孩一樣早婚，但無法維持婚姻。她發誓要盡一切努力給兒子最好的教育，讓兒子成爲社會上的成功人士，彌補婚姻的失敗。但是進入她所在城市最好的高中眞的很難。讓她兒子進入最好的大學的唯一方法就是進入最好的高中。爲此，她必須在市內第一高中附近購買一套公寓，才能獲得入學資格。確實有人告訴她，門口排隊的學生太多了，她不得不親自和校長預約，討論她需要「捐贈」多少才能讓她的兒子進入這所高中。

珍珠按照指定時間到了學校，她敲了敲校長辦公室的門。「請進來。」於是她走了進來。校長看到她是他從未見過的那種美人，眼睛都亮了。一時間，他沒聽清她在說什麼。然後他振作起來，冷靜下來。他以前曾向學生的母親開口要求上床，所以他知道該怎麼做。

「李女士，我很明白你的情況。我們必須盡一切努力幫助我們的學生獲得最好的教育。我一定會盡我所能來幫助你。請放心吧。但同時你也知道，這個城市有這麼多高官，他們都希望自己的孩子進入我們學校。因此，我眞的無法告訴你需要『捐贈』多少。我肩膀上的壓力非常大。」

「我需要一點時間想辦法。你給我手機號碼。我弄完辦公桌上的緊急事務和會議時，我會打電話給你討論。」

珍珠在下午稍晚時候接到了一通電話。「今晚你可以來我家討論一下嗎？我不想讓我的員工知道我會幫助你。」珍珠記下校長給她的地址，開始琢磨他會問什麼。她還年輕，對男人沒有太多經驗。

他有一間漂亮的公寓，佈置得很好。桌子上有一些水果。「請坐。不用客氣，就像在自己家一樣。我叫了簡單的晚餐，很快就會送到。」珍珠眞的不知道，拒絕他會不會有風險，搞不定孩子的學校問題，只好坐下。晚餐到了，看起來很好吃。他打開一瓶紅酒，倒進兩杯，遞給她一個。她實在不敢拒絕。「只喝一杯，我還可以頂得住。」他每一句話都顯得很誠懇，但她知道她必須離開，否則肯定會發生可怕的事情。最後他開口了。

「二十萬眞的不是小數目，而且你說過每個月還有公寓分期付款要付。我眞的希望你省下這筆錢。請你相信我，今天下午見到你的那一刻，我就徹底愛上了你。我想給你世界上最好的。」

紅酒侵蝕了她的警覺性。她還是清醒地知道，如果她拒絕了，就沒有第二次機會了。而且，這筆錢實在是太大了，她付不起。他還說，即使她「捐贈」了這一筆錢，他也不能保證她的兒子會被錄取。他有權決定錄取誰。她內心掙扎著，是要抵抗手握大權的他，還是接受他，讓她的兒子進入學校。「我可以保證你兒子明天早上就會被錄取。放心接受我，你可以信得過我。」當他要吻她時，她一開始軟弱的試圖抵抗他，但只有一分鐘。然後她放棄了。她不得不和校長上床，才能讓她的孩子進入第一高中。

學校主管在他們的下屬或學生的母親那裡佔便宜，在過去的幾十年裡已經不是什麼新聞了。任何事情都有可能發生。（B45）

B45：一方面，以教授或教師爲主的學校系統大大簡化了必須用國家的錢養著的校園管理結構；另一方面，在大多數情況下，校園官員手中的決策權毫無意義。中國家長在漫長的教育改革歷程中看到，教師、教授和家長不得不花費太多的時間和精力去與校園官員抗爭，這可能比西方看到的情況要多得多。當父母可以

自由地與他們選擇的市場上最好的老師會面時，問題就會最小化。教育部管的領域比較小，只是監督引導的基礎性作用。

感謝老天爺現在沒有這樣的問題了。現在的父母也許需要送孩子們上補習班，找好的老師，無論是線上課程或教室課程，好好準備考試，取得必須的證書。現在供需雙方處於一個自由競爭的市場，買方可以找到很多賣方。

補習班大行其道，幫助學生通過考試。補習班名師很厲害，幫助孩子們考到高分，所以收入很高，但是補習班受到教育監督委員會的嚴格監控。他們必須是本地市區內的人，由教師主導，不是商人主導。連鎖經營嚴格禁止。品牌銷售以往是市場銷售的主要模式，現在被限制，不能用於補習班。

他們幫助學生應付考試，在教育體系裡面佔有重要地位，讓學生們成功的學到知識，非常有效率，就像小餐館一樣，只是他們必須遵守當地和中央教育當局提供的指導方針。另外一方面，公立學校教師與義務工作教師都努力教學，與補習班競爭。

父母有時會選擇將孩子送到宗教院校、軍事院校、哲學大師、文學學校或農學院學習一年、兩年或三年，以獲得他們認爲對孩子有益的教育。許多雇主很重視這些學校的證書。

實際上，早年的高中教育無非是幫學生們考個好大學而已。爲了達到這個目的，那時候的學生要在教室裡面坐六年。現在學生可以上任何大學的線上課程，彈性大多了。現在孩子們有充分的時間可以過戶外生活、運動鍛煉、旅遊。他們仍然需要老師導引，學習如何過快樂的生活，準備過未來成年的生活，計畫自己的教育方向。宗教人士、自己的父母、老師、學校的顧問、學校裡面的同儕團體都提供指引。幾乎所有學校都有同儕團體，雖然是學校鼓勵或設置的，裡面都以學生爲主。

早年的高中教育以升學爲主，課程注重國文、英文、自然、數學、物理、化學、生物、國家歷史地理等等。沒人在乎藝術、音樂、舞蹈、哲學、世界歷史等等課程。

今天孩子們有足夠時間接觸這些課程，追尋自己的興趣與嗜好。

孩子們長得高又壯，因爲他們的身體不需要在教室裡面長時間坐著。他們的心自由奔放，心態自然變成很好。由於大部分學生在狹窄公寓房與擁擠的都市環境裡面長大，老師都努力讓學生融入大自然，熟悉戶外生活。他們學著種植蔬菜穀物，在山區建立小型避難房屋，與動物相處，拯救生病的樹木，分辨昆蟲小鳥等。

好的大學或重點中學附近的學區房價格降到新的低點，因爲父母們不再爲了爭取進入某些高中，接著進入最好的大學，而搬遷到重點高中的附近（注7）。

注7. 爲了讓孩子進入最好的高中，父母必須在最好的學區買房，把戶籍遷入，才能取得入學資格，對校長

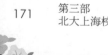

或其他人員送錢巴結，才能保證孩子進入最好的高中，接受最好的教育，然後才有可能進入最好的大學。

所以最好的高中的學區，房價特別高。

第三十八章　貧窮障礙與精英挑選

早年有很多種故事，描述大山裡面貧苦的村莊有家境貧窮的學生，憑著刻苦學習來到城市，經過很多年努力，考上中學，考上大學，成爲成功的政府官員或商人。今天這個故事要重寫了。學生只需要上網開始上課，參加考試，拿到考試成績，就能找工作。貧窮造成的障礙大大的消除了，只需要他能上網。以往的十年寒窗努力，從農村到大城市的漫長歷史，可以縮短到一到兩年，只要他肯拼。

秋芬與守禮兩人比較幸運。他們就學，長大，一直到能上大學。餐桌上永遠有吃不完的好吃的飯菜，冰箱裡面永遠有喝不完的牛乳。他們有足夠時間接觸音樂藝術，逐漸發展出面向大學生活的比較放鬆的心態。

不是所有學生都喜歡學習，他們需要老師，指引他們找到有興趣的科目。沒有動機而必須去學習，是一種可怕的浪費，浪費時間精力。許多年前初中與高中學生都必須在教室裡面坐很多年，每天坐很長的時間，沒啥進步。今天你可以線上上或教室裡面，依照雇主的要求，進行必要的學習，選定科目學習，通過考試。

怎麼幫助學生找到動機，有各種理論。最好的理論是幫學生在生活中使用知識解決問題。學習外語的最佳方法，就是讓學生生活在必須使用這個語言的環境裡面。當你生活中需要使用這個語言，你學得特別快。

傳統外語教室裡面，大部分時間是老師在開口，留給學生使用外語的時間幾乎沒有。就好像在游泳池邊上老師教學生游泳，老師來回的遊個不停，幾乎不給學生時間下水。（B46）

B46：英語學習游泳池的理論是關於老師很少有時間讓學生使用他們正在學習的英語，就像一個游泳池班，不讓學生下水，而是留在游泳池邊觀看教練展示如何游泳。您可以永遠談論如何游泳，但除非您真正在水中游泳，否則您將無法取得進步。

老師們認爲他們必須努力教學，所以一直講個不停，這是從老師的角度看問題。他們不理解，上課的時間必須讓學生們用外語不停的講。這麼做有困難嗎？不可能嗎？老師們當然感覺很難。他們的學位是「如何教英語」。其實他們應該學「如何學英語」。老師們需要學的還多著呢。導引學生使用外語的方法很多，這些是有趣、迷人、好玩的方法（注8）。

注8. 學英語與教英語有很大不同。不幸的是，你在世界各地看到的都是主流「教英語」。很少有人研究「學英語」的理論。「游泳池」的理論就是一個例子：你想學好游泳，必須泡在水裡不斷練習，而不是在

池邊的岸上聽教練說怎麼游泳。但是大多數學生在說（用）英語的時候，聽不到老師的話，讓老師覺得「這樣不對」。以至於老師想阻止學生說話，取回發言權。因此，「游泳池教學法」的理論從「如何讓學生不停的對談」，而且在「不阻止學生說話的情況下」開始。沒有達到這一點，其他都有害無益。

沒有動機的學習，是可怕的浪費時間浪費精神。早年這是常態——沒有動機的學習。教育變得非常枯燥乏味，代價很高。

今天學生們不再需要整年的坐在同一間教室裡面，他們在不同的教室學習。成績也永遠不公佈。任何人不允許偷看別人的成績。考試只顯示對錯，不計算成績，所以卽使你看見考試結果，也沒有計分。沒有競爭，沒有衝突，沒有壓力，沒有挫折，這些都是沒有意義的。學習是一種個人的事情，爲的是個人的好處。比較成績完全沒有道理。刻意探聽別人的成績會被處罰。

許多年前，學校公佈成績、名次、鼓掌、表揚、互相比較、刺激競爭心態、恐懼落後、恐懼公開羞辱、獎勵、處罰、扣分、記過等等的強迫造成學習動機的方法都被淘汰了，這些過時的舊方法消耗了老師與學校人員很多很多的時間與精力，學生想要學習最好是基於興趣，與別人完全無關。就這麼簡單。人類把知識傳遞給下一代，就這麼簡單。

有名的教授與老師可以設立自己的粉絲俱樂部，增加對學生的影響力，但是主管單位有嚴格的規範，尤其是道德方面的行爲規範。孩子們成長的過程中，首先以父母爲模仿的目標，找尋他們對外在世界的認知方向。當他們接觸大學與其他學校，遇到吸引他們的人物，譬如有名的老師，教授，藝術家，大師等等，以這些人爲模仿的目標，受他們的人格的影響，成爲一輩子的指引。當大部分教授有共同的道德行爲模式與信仰，他們帶動一種正面態度，引領社會不斷的進步。

教授通常從粉絲俱樂部挑選學生，邀請他們到教室上課。挑選的標準包括（但不限於）下列條件：

1. 從粉絲群裡面觀察到比較有創造力的學生
2. 具有洞察與預見能力的學生
3. 聰明的思考能力
4. 勤奮學習的習慣
5. 愉快的個性與誠實

老師不重視高中成績優等或家境富裕。學生是否來自有名的高中，這些不重要，以至於往年努力擠進名校的想法大幅消散了。

有的教授班級特別大。也有的教授班上沒幾個人，方便做研究工作。每個班上都有幾個帥哥美女學生，他們本身是一種吸引力。只要教室課程很成功，教授可以收到政府特殊津貼，這個評審是教育部委員會根據一些評斷標準來決定。

奇這樣的學生。」

有一位教授說過：「我努力在我的學生裡面尋找，希望能找到一個像李奧納多．達芬

全社會和諧

大學完全開放了。家庭，以至於整個社會，承受的壓力忽然停止了。孩子們受到的教導是相信人類在世界上可以跟大自然和諧相處，和平生活，無需過度競爭，每個人找到自己的微觀宇宙，過快樂的生活，不必互相比較成就。炫富一定受到處罰，因爲通常這個做法都是居心不良。大家都相信，過度的物資富裕只會把年輕人毀掉。生活快樂，精神富裕，是最高的指導原則。錢夠多了，還拼命的違法積累搜刮財富，是一種病態。最常見的處罰就是命令炫富的家長或學生捐出家產給社會福利機構、孤兒院、養老院、貧窮家庭等。政府通過一條法律，指導警方注意炫富的富裕人家。

室外教學對學生很重要。他們學習自己種菜、種水果與穀類。如果你住在一個十億人的國家，你的頭上永遠有幾百萬人高過你，如果你介意的話，眞的活不下去，你眞的需要完全不理會競爭。老師傳遞的概念是，生活是簡單容易的。吃三頓飯，有一個地方躺下睡覺。跟大自然成爲朋友。擁抱大自然，人類只不過是大自然的一個小部分。爲了達到這個目的，孩子們必須接觸戶外生活。

耶魯大學校長演講

耶魯大學校長彼得薩洛維對一年級新生演講，談到下面的這些重點：（加上學生反應）彼德薩洛維（Peter Salowey）

1. 我們來耶魯讀書，因爲我們打算對世界對社會有所貢獻。

——不是的，學生來耶魯是為了耶魯的文憑，很值錢的。

2. 首先，我們要改善自己。（不要浪費時間參加社會運動示威遊行）

——學生參加社會運動也能學到東西改善自己。這是改善自己的過程的一部分。

3. 你需要挑戰自己，就好像沒有不可能的事情。

——挑戰也不是壞事，但是並不是每一個人都要靠挑戰來成長。有許多學生可以自然成長，聰明的成長。

4. 耶魯文化將要轉化、改變你們每一個人。

——如果學生們在各大學與教授之間自由流動，學校的文化影響逐漸消失。

5. 耶魯大學致力於在世界各地創造各行各業的領袖人物。

——許多學生努力工作改善世界，但不一定是領袖人物。他們大部分努力工作達成自己的目標，不是為了幫助別人。

6. 金門布魯斯特校長要求學生們繼續做學生，不理會社會動盪，在快速改變與不可預期的世界中，學生不要有焦慮。他要求學生回到學校，回到圖書館，繼續寫論文，繼續做實驗。如果你要改變世界，你先要培養自己的能力。這就是他說的內容。

——有些學生相信，與社會動盪一起成長也是很好的，只要不荒廢學業。培養自己的能力也不錯，但是要改變世界非常困難，多半是被世界改變了，為了生存而改變。

守禮記得毛教授說過，他們那一代的人看待社會和大學的角色時，他們是如何嘲笑大學教職員工的價值觀和信仰的。他們的想法沒有錯。正是網路讓學習變得更快、更無界限。沒有理由限制學生的活動。但是必須要確保年輕女孩不會因爲太早懷孕而限制了她們的未來發展的潛力。毛教授說。

世界走一遭

守禮在一個老人之家工作過一段時間，訪問需要陪伴的老人。這是學校課程的一部分。有一位老先生告訴他：「我很快就要到站下車了。你還要在火車上旅行很多年。我很高興你來看我，跟我聊天。上次你說你在思考你的生活與命運，我明白。沒錯，你和我可以聊聊我們在世間的旅行，雖然相差七十歲。」

也許我對這個世界的瞭解比你多一點，但你的世界和我知道的世界很不一樣。似乎沒有人活得夠久，對宇宙有足夠的瞭解。已知部分似乎總是小於未知部分。無論是你的世界還是我的世界都是如此。大約兩千三百年前，中國古代哲學家莊子說：「我的生命有盡頭，而知識沒有盡頭。以有限的生命去追求無窮無盡的知識，那是危險的。」為什麼危險，今天的中國人無法提出解釋。許多人修改莊子的說法，但是這些都不是他的原意。（B47）

B47：我的生命有盡頭……（莊子）：吾生也有涯，而知也無涯。以有涯隨無涯，殆已；已而為知者，殆矣。為善無近名，為惡無近刑，督以為經，可以保身，可以全生，可以緣養親，可以盡年。

第三十九章　碩士、博士學位

大學不發文憑了，學生只有考試公司發的各種證書，教育部建議一些組合證書的方式，可以比照以前的一個學位。如果學生的證書組合起來不符合教育部建議的組合，可以在求職的履歷表上面列舉各種證書，加上一個通盤的說明。

碩士學位與博士學位仍然存在，但是論文內容需要有使用人背書。碩士學位論文應得到國際機構的認證，並獲得至少一個專業知識使用者的背書。背書通常是指使用者向被背書的碩士／博士學位所有者支付至少十二個月的工資，並提供用戶如何使用學位所有者的專業知識的報告。如果沒有使用人背書，這種學位稱爲臨時學位，不發給證書。博士學位需要三個使用人背書，另外還要符合一些規範。這些背書的性質與範圍在全國教育政策裡面有詳細規定。指導教授是博士論文的保證人和基礎，與大學無關，與地理位置無關，上海的教授可以指導四川的博士生。

製造商和企業不斷要求各大學對其使用的大量題材進行專門研究，並在教育部的網站上顯示。研究生通常會從這個大量題材裡尋找研究主題。

如果研究人員的專業知識實在沒有人能夠用得上，他的學位改爲教育部基礎研究委員會（FSC）頒發。基礎研究的範圍每年通過公聽會擴大一次。基礎研究的研究生與博士生必須向中國以外的大學或機構教授或專家申請背書與支持，證明他能通過教育部委員會列舉的一套規範，該委員會有權利公開拒絕某些教授的背書。

早些年，只要在研究所讀兩年就一定能拿到碩士學位，那個時代過去了。現在必須是真的專業行家（Master）才能夠取得碩士學位。老教授們可以繼續使用碩士或博士頭銜，但是他必須經過背書的程式，否則頭銜後面不能加上「背書」（endd.）字樣。各種專門行業有一個五位數的數位代碼，顯示一個飽學之士在某一個專業領域特別強，也只限於這個領域。這個代碼可以線上上查閱。一位教授多年研究積累了許多專業領域，在名片印上幾個代碼的情況也不少見。

早年獲得博士頭銜的人可以選擇放棄這個頭銜，或者選擇面對學生或其他教授的挑戰。如果放棄了博士頭銜，就沒有人會來挑戰。教育部網站永遠記錄這些挑戰的詳細過程。過去二十年間，博士總數少了80％，此中有很多博士學位的取得，沒有經過挑戰的過程，根本就是花錢買的，或利用當時的職位權力條件交換來的。這樣的假博士很難面對其他專家或聰明的學生提出的問題進行討論或答覆。

如果老教授面對專業新知識挑戰無法回答或拒絕回答，這些挑戰在教育部資料中如實記載。

如果你沒打算找工作，只想繼續研究或讀書，各大學都有研究或發展的碩士與博士津貼，加上世界各地企業界或學術界提供的各種學術支援。你可以一輩子做研究生或博士生。這樣一來，那些永不停止追求知識或智慧的人群就得到了滿足。在互聯網上面你永遠可以尋找資金支援你的研究。

在國外獲得碩士或博士學位的人也需要接受同樣的背書制度。如果你擁有西藏歷史的學位，找不到一個機構背書，基礎研究委員會（FSC）或教育部很可能幫你找一個背書單位，或者直接依照多年前公佈的一套準則對你提供背書。

教授論壇

爲了把研究結果貢獻給國家，各種主題上都有教授論壇的設置。有一個自然災害論壇，處理諸如地震、洪水、乾旱和避免災害的方法等主題。國防論壇負責國防主題。經濟論壇是每週舉行討論中國經濟問題的最吸引大家注意的地方。

第一個論壇是由中國各省的幾位教授在互聯網上成功建立的，因爲這些教授聲望很高，對國家有深刻的瞭解。後來建立了其他論壇。有些並不那麼成功，需要政府干預才能糾正它們，後來通過管理教授論壇的法律來解決爭議和分歧。基本上它是一個自由言論論壇，教授可以在這裡發表演講。其他沒有教授或博士學位的人也可以對論壇投稿，只是他們會顯示爲NP或ND，表示沒有教授資格或沒有博士學位。當有新的社會或國家問題需要處理時，這些論壇爲社會提供了很好的指導。

學校系統大量老師與職工人員在大學轉型過程中釋放出來，需要經過一個培訓過程，重新找到他們在新的體制中扮演的角色。中國的大學過去一百年根本都腐朽了，需要一次大翻修。經過一番改革，領工資的教師與職工人數減少了。因爲管理制度改善，加上學校有新的收入來源，學校總預算減少了。

大學財政

線上教學是免費的，考試公司（大學設立的）提供的服務要收費。有些特殊的教學是要收費的，這些多半是實驗室或學徒式的工作，或特種的培訓。

中國科學院的院士鉅大的預算大部分都刪掉了，因爲他們無法用他們研究成果或研究內容說服各行業或高科技公司對他們提供資金支援。另外一方面，政府或私人捐助的小型資金，提供給各種科學或技術平臺，各地大學教授或研究人員都可以跟這些平臺接觸，無需經過政府官僚審核過程。這些平臺還是由教育部委員會負責監督。

教授與講師依照一個薪資表領取一份標準薪資。網上有名的課程上課學生特別多的情況下，教師能獲得額外獎金收入。教授如果學生太少，可以申請額外津貼，條件是需要說服教育部基礎研究委員會。如果教授接到重大研究任務或職務，會有政府或私人機構提供特殊津貼。

每一省都有幾十個「學校服務公司」提供教務與總務服務，包括打掃清潔、門衛、綠化、文書作業等服務。教授們自己決定需要哪些公司的服務。

第四十章　中學的重新出發

毛教授說，中國自古沒有教育系統，只有弟子跟隨老師學習，不分春夏秋冬，不分年級。孫中山先生的革命運動推翻滿淸政府以後，中國政府仿效西方教育制度，制定上課分級與放假的制度。西方的制度，從教會辦理的學校在十九世紀逐漸轉變爲民族國家的政府主辦的學校系統，對國民推行普及教育。到了十九世紀美國的學者曼恩（Horace Mann）提出暑假的概念，後來才逐漸形成今天的分級教育與放長假的制度。

二十年前，初中與高中合併，變成了二到五年的中學。海外旅遊成爲主要內容之一，政府大力提倡。教育部與早年的孔子學院設立了全球一千兩百個海外旅遊營地，提供吃住，安排設計巧妙的附近城市一日遊。大部分學生可以在本地人家庭至少住幾天，吃住費用很低。許多學生選擇跟本地家庭同住兩個月。各大學校或機構參觀訪問都可以提早預定，有巧妙的安排設計。

比較受歡迎的訪問機構有特斯拉、豐田、賓士、寶馬等汽車廠。許多學生選擇法國或義大利鄉下或城市景點，爲的是一些知名的藝術博物館或音樂歷史或紅酒。英國、美國家庭三個月遊學是最多學生的選擇，因爲有國際語言的優勢。

學生如果能對國家發證委員會提出資料，證明他的旅遊經驗幫助他找到人生目標或目的地，他就能獲得一個證書，即使這個目標並不是永不改變的也無妨。這個證書日後上大學的時候向教授們尋求個別幫助的時候能派上用場。一般學生通常寫每日遊記，附上故事內容與照片或影片。

低收入家庭學生如果考試成績好或者有特殊才藝，可以申請旅遊補助。國內旅遊一樣可以接受，學生同樣要提出人生目標或目的地的故事報告。有些男生女生只打算結婚生子，他們歸爲家庭類。學生接觸到新知識或智慧課程或演講，隨時可以修改人生目標。

打工度假可以積累一些經驗，勞動賺錢也不錯。許多男生女生在國外的蘋果園打工三個月，賺到一份不錯的淨收入補貼學校費用，同時可以達成老師們要求的經驗。不想辛苦流汗掙錢的學生可以選擇每週半天，在農場幫忙，種地，堆高乾草，修剪花園樹木或挖水溝。學生與老師們都認可體力勞動，可以振奮身體，清醒頭腦。體力勞動是中學教育裡面很重要的一部分。

中學老師的課程可以在線上授課，或在教室上課。學生們可以參加職業技術課程，學習成爲專業師傅，包括機械維修、電子、建築業、體育、木工、家政管理、廚藝、食物酒類生產、美容院、畜牧業、農場、漁業等。考試公司提供各種測試與證照。

中學沒有畢業文憑，只有證書，學生隨時可以回到學校，所以中學教育沒有結束的時間表。

好的教育不應該是昂貴的

教育制度目的是讓學生獲取前人的知識，這些知識在圖書館與網上都有。受教育不應該讓學生花大錢，否則是政府的錯，政府必須解決問題。這是主席的命令。

早些年，中國百分之九十五的教育體系與行政單位都是無用、無效的。結果是孩子們受教育代價昂貴，浪費時間、金錢，耽誤了孩子的聰明與創造力。所以，當中學教育系統逐漸縮小，孩子們成長反而變快，想要什麼就自己去拿。

主席的顧問團提出高中教育的目標如下：（B48）

1. 幫助高中生準備好接受大學教育，所以學生要先決定上大學要學什麼，才好準備。
2. 幫助高中生嘗試多種工作，建立職業規劃。
3. 說明學生開始確立人生目標，包括婚姻家庭生活、宗教信仰。
4. 幫助學生實現就業培訓，儘早進入就業市場。

B48：高中目標：有多種方式可以描述高中教育的可能目標。一般來說，我們鼓勵學生做出與前幾代人長大後（比如四到六年後）相同的決定。互聯網使事情變得更容易。孩子們更聰明。世界與幾十年前不同。

第四十一章　小學教育革命

主席的顧問團提出小學教育的目標如下（六到十二歲）：（B49）

一、幫助孩子們建立健康自主基本概念，照顧自己的健康，照顧家人親友的健康（注9）。這是一種智慧的學習。越來越多企業與利益團體控制了醫療市場、醫學院與學校，一般人變成他們盈利行為的犧牲品。所以，自主健康管理變成了一種學習智慧的過程，需要學一輩子（注10）。

B49：小學目標：在一個食物供應穩定、食品安全受到威脅、醫療服務遠遠無法接受、大多數人在需要時無法負擔醫療服務的國家，政府決定教育應發揮非常重要的作用，確保受過良好教育的人不至於僅僅依靠醫院來應付他們的健康問題。這個改變應該從小學開始。原因如下：1. 今天的世界是一個危險的地方。水、空氣、食物、戰爭、犯罪、大型製藥公司的危險，一切都指向我們必須學會照顧的身體健康。2. 醫院很難解決我們的一些問題。3. 我們需要更多地瞭解健康問題，我們需要找到適合做醫生的人，教他們在小學時如何照顧健康問題。那些適合成為醫生的人會自動出現。4. 保健的概念，4個不同的層次。5. 我們將始終相信，將來會有更好的醫學知識出現。

注9. 西醫與傳統中醫都努力解決病人與家屬的許多問題，也製造了許多問題。大家都必須學習如何改善現狀。孩子感冒了，家長不可以要求醫生加快痊癒的過程。

注10. 大部分學生日後不會成爲中醫師，但是六年的時間學習把脈等於開了一扇門，讓下一代照顧自己的健康，而不是把一切都付諸醫院。自我管理是健康幸福的關鍵，對年輕一代很重要。西方國家一大問題就是製藥工業阻礙了醫生與教授把醫學帶上正軌，以致無法保持發展與進步。

西醫無法解決全部的健康問題，經常無法治療中國人的疾病問題，所以中國的醫院有許多都是中西醫結合的治療方式。一般而言是中西醫各半，許多醫生可以把中西醫方法結合，爲病人選擇最好的治療方式。選對醫療方式，這也是一個學習智慧的過程。受過良好教育的人，不應該對自己健康無知，不應該不知道怎麼找醫生治療。小學每週一節健康管理課五十分鐘，孩子們學習與同學互相把脈，並且告訴對方從脈象瞭解了什麼，學習中醫基本原理，或答覆西醫健康照顧的問題。學習把脈，讓孩子們窺見人體功能運作方式，進入中醫基本原理範疇。

主席在一次教育大會上面說過：「你是你自己身體的最好的醫生。它是你最好的朋友，你必須照顧它很多年。你必須準備好跟自己的身體與自我人格過一輩子」。

「在許多情況下，西醫醫院弊大於利。必須阻止它。」這是主席明確的命令。中國大陸一直是西醫的天下，直到主席下令，讓中醫至少有平等的機會與西醫競爭。對患者弊大於利的最著名的錯誤包括但不限於：（B50）

B50：受過教育的人不可以不知道自己的健康問題和治療方法，不能懶惰學習照顧自己的身體。這是國家教育的一部分。

a.血壓控制藥

b.人體器官割除

c.治療症狀但不治療疾病的化學藥物

許多摘除器官的外科手術已被證明對人體造成災難性的後果。中醫可以用其他方式治療，無需切除器官，保持器官健康功能。一些醫生選擇選擇動手術，因爲他們從每次手術中獲利。或者積累經驗。醫院當局也會有所要求。

這個問題已經發展到非常嚴重的程度了，所以中國政府不得不採取必要的手段逐漸消除這些災難性的西醫問題，而且必須從小學生開始培養每個人自己瞭解自己的病痛而且學會如何治療，找誰去治療，而不是盲目相信醫生或醫院。

二、學習中文與英文的說、讀、寫。從動機學習，而且形成從動機學習的習慣。教師受的培訓是從動機出發教孩子學會知識。舉例：孩子們明白了，使用語言是最好的學習方法，甚至手語也是如此。這與依照教科書和同學在課堂上使用英語做練習非常不一樣。學生必須在現實生活中使用該語言。

三、建立大庭廣衆之下的秩序與公平的習慣。中國歷史上幾乎沒有秩序與公平的傳統。文革的災難毀掉了人民對現有制度與系統的最後一絲信任。誰也不相信誰。爲了保證中國社會人們成功的生活與共生，必須要重新建立人們對人類行爲語言符號系統的信任。政府制定了很多行爲準則，提供廣泛的導引，讓老百姓遵循。偏離這些行爲準則的情況永遠記錄在學生檔案中。你必須學會排隊等公車，如果別人插隊，你必須阻止他。（B51）

B51：排除和保持排隊習慣是中國社會向前邁出的一大步。當排隊時間太長時，一定是有原因的，有人會調查問題並加以改進。由於互聯網和線上平臺，排隊大大減少。

四、建立個人與人合作的習慣，而且必須合作愉快。人們如果互不信任，很難互相合作做成任何事情。這個現象將會導致社會解體。學生應瞭解每個人都是不同的。需要寬容和耐心才能在合作中輕鬆地與他人相處。這個能力與個人單獨工作的能力一樣重要。

五、性教育、愛情、婚姻、離婚。缺少性教育經常導致早年墮胎，傷害女生的身體與心靈。成熟的人生態度與心態的培養可以減少婚姻不愉快與離婚。儘早開始教育，非常重要。

六、學習使用簡單的家用工具，學習廚藝、學習食物安全知識。小學生可以幫忙家長做家務，這樣可以導引他們學到解決問題的知識。廚藝與食物安全知識可以幫助學生一輩子照顧好自己的健康。

七、進入美術、音樂、運動、戶外生活、圖書館的範疇。許多家長已經做到了這一些，但是教室課程還是提供了廣泛的各種選擇，補充家庭教育的不足。

八、學生要學會，每一個人的生活都可以得到自給自足的快樂，不需要別人的認可。學習自信，是一種重要的功課。

九、幫助學生理解，他不可以淪爲欲望的奴隸，而受制於美食，他必須是主人。美食不一定是對健康最好的食物。學生應該學會自己烹調健康食物，滿足自己的欲望。過去一百年，無數人因爲食物不當深受疾病之害。這是中國傳統裡面一個最重要的教訓。吸煙喝酒的傷害，是孩子們的第一課。

十、讓學生明白，出生與居住在都市環境，不妨礙他們的本性，去擁抱大自然。

十一、孩子們需要用平板電腦，隨處都可以買到，價格非常便宜，而且畢業以後可以全額退款返還。這些電腦是準備給孩子們帶回家上網用的。他們不需要帶電腦到學校，因爲學校課桌上總是有多一台電腦。這些電腦都有內部程式控制，學校不允許他們做的事情，這些電腦上不能做。

家庭初步教育

法律規定，父母或其他家庭成員必須遵循某些法定方式參與小學教育過程。父母需要耗費一些時間去理解，他們不能完全依賴學校或老師照顧他們的孩子。中國的新的法律規定父母必須依照規定參與小學教育過程。

父母逐步理解他們是孩子小學教育成功的關鍵部分。有些父母可以在家裡教育孩子，完全不去學校，但需要先向教育主管單位申請登記，經過一個評估過程。父母如果對在家自己教育孩子有興趣，可以參加政府支持的培訓班，學習如何做好這件事。這些多半是家長受過比較高的教育，對如何成功的教養孩子有自己的看法。大部分家長接受一個逐步增加的過程，開始的時候孩子大部分時間仍然去學校，然後逐漸增加他們在自己家接受父母教育的時間。

學校考試減少到非常少了，成績給父母看過討論過就刪除，或者根本不計算成績。如果沒有考試，或者考試非常少，沒有測驗，沒有成績，孩子們的教育重心幾乎完全放在身心的健康成長。爲了讓學生學會合作，他們仍然要參加體育活動，團體合作教學。

中國自古就有富家子弟自己在家就學的歷史，但是教師多半是外聘的。貧窮人家請不起教師，但是也有很多貧家子弟是父母教育成功，變成大人物的。

守禮的爺爺受過一些傳統的中藥教育，也很積極在他的老電腦上面搜尋新的營養知識。有一次守禮的爺爺問他，有關Omega 3與其他藥丸比較的問題，讓他感覺很驕傲，他告訴爺爺很多從教科書上找來的知識，他本來以爲永遠用不著的知識。爺爺說，以前第一次接觸這些知識的時候，都是專家的研究範圍，沒想到現在小學都有教了。

經過失敗與挫折，才成就教育

一般學生與老師都認可，挫折失敗能幫助增長智慧的說法。問題是什麼時間點，什麼地點，遇到你的挫敗，要付出什麼樣的代價。這是一個智慧的問題。

教科書與老師們都提醒學生，不要疏忽大意，不要未計畫就行動。凡事要保持謹慎，預見未發生的事情，書上有很多歷史故事，描述許多人努力投入心力，努力避免錯誤與失敗。有一位老師說過：「我們無法告訴你什麼時間你會失敗，但是我們希望做成良好的計畫，徹底謹慎的思考。」

有一個好方法，就是畫一個自己生命旅程地圖，往哪裡走，要做什麼，什麼時候做，怎麼做。隨時可以修改。假設你二十五歲開始戀愛，假設也許三十歲失戀。也許三十一歲創業，四十歲以前成功，五十歲倒閉，五十五歲破產。這一門課稱爲「人生之路」。課程裡面有許多歷史偉人故事，他們的失敗與不幸，他們如何努力奮鬥，改變命運。這一門功課鼓勵學生把自己比作歷史書裡面的一個人物角色，或者把兩個或三個角色結合，教學生如何面對命運，努力奮鬥。

老師們都反對算命，但是有些老師同意有一些辦法預測未來。每十萬人中間，總有幾個天生的有特殊能力的人，可以預先知道一些事情。隨著年齡的增長，你總會遇到一些這樣的人，每個地方都有這樣的人，每個時代都有這樣的人。中國南方容易遇到這樣的人可以指點迷津，公開的。一般來說中國政府認爲他們算是對社會有害，所以他們的服務總有一些遮掩，不是完全公開的。

香港臺灣每一個城市的街道拐角有些地方可以找到指點迷津的服務，花一點小錢。香港人有些在英國讀書取得博士學位了，爲了他的辦公桌方位能帶來好運發財，還會請專家拿著羅盤來看方位。有趣的是他可能請三位算命先生各算各的，如果三人裡面有二人算的一樣，這個方位就對了。值得注意的是，幾乎所有城市裡面都有這個服務，他們是當地經濟的一部分。

再說一次，老師們都反對算命。然而他們的確努力幫助學生找到自己的方向，非常小心，深思熟慮，精心策劃。人類社會裡面，這個事情應該屬於教育範圍，只不過應該有現代的說法。舉例，中國從幾千年前開始，皇帝如果要打仗，宮廷裡面的負責官員必須預卜凶吉。孩子們預測未來也沒啥不對，只不過也許方式不一樣。這些應該是教育的一部分，對於孩子們心中增長智慧有幫助。（B52）兩千五百年前，《易經》是孔子編纂的六門古籍之一。六經包括：詩經、書經、易經、禮經、樂經、春秋。

B52：易經——通過一套精心設計的規則來預測未來。

第四十二章　戶外生活與大自然

孩子們順利的被吸引到戶外生活活動。與花鳥蟲魚接觸，讓他們擁抱大自然，讓他們對網紅與體育明星免疫，否則這些事情可能對孩子們有不良影響，源自某些富二代或互聯網操作造成的風向。

孩子們學習藝術、哲學、練習禪宗、佛教、瑜伽（包括體位法）、打坐，學著保持良好的心態，足以應付寂寞與孤獨，面對自己。他們現在不需要花很多錢買花俏的時尚產品或昂貴的汽車來證明他們對世界、對鄰居或對同學的價值。教育孩子們接受正確價值觀念，培養健康的心態，很有幫助。學校投入的時間與精力成功的降低了犯罪率，減低了員警、監獄的財政預算，創造了一個逐漸成長的宗教或者類宗教的群體社會。

秋芬學過幾個小時的印度初級瑜伽靜坐，效果驚人。她發現眼睛好像比較能看清楚了。以前她讀書太多年，看電腦與手機太多時間，眼睛視力不好。書本，是人類的好朋友，沒錯，但是如果讀書太多？好像也不行。

學習靜坐幾個小時以後，她聽貝多芬7號交響曲有一種新的感覺，跟以前聽過很多次的感覺不一樣。她讓守禮跟她一起坐著聽，他就是聽不下去。他學過打坐以後，覺得現在能聽見以前聽不見的許多昆蟲的聲音。他的物理老師說明愛因斯坦相對論的時候，他比較能集中注意力。

因爲接觸大自然戶外生活增多，城市裡面的孩子們過敏現象與經常感冒問題逐年減少。他們身體變得健康強壯。自閉症、遲緩發展等心理問題兒童，跟大自然環境裡面的動物、寵物相處時間增加，情況改善很多。

生存的基本條件

生存在天地之間，你需要糧食與水，簡單的衣服，冬天需要避寒的房屋，這些就是生存的基本條件，並不昂貴。學生們學著自己蓋簡單的房舍，種菜，煮飯燒菜，收集生活的必須品。這些才是教育的重點，也就是如何生存的基本條件，每一個學生都必須學會。出遠門、旅行、失業、瘟疫、饑荒、戰亂、意外事故，所有的無法預見的未來，都不能打敗一個受過適當教育的人。中國人自古以來都會教孩子們如何生存，現代的基本教育當然要能通過這一關，稱爲「生存的基本條件」。無論貧窮富貴，你總是能快樂過日子，無需羨慕別人的生活。你必須學會無牽無掛。自由自在，生存於天地之間。這是主席的命令。

以往的學校教育讓學生們徹底失去了這些基本能力。現在都恢復了。

肥皂塊

守禮因爲皮膚、頭皮發癢一直持續而且變嚴重，去蘇州第一人民醫院看皮膚科醫生，醫生建議不妨試試改用到處都買得到的便宜的洗衣肥皂來洗頭洗澡，因爲洗衣肥皂是天然材料做成的，價格太低，沒有廠家在肥皂裡面加上各種添加劑，就是這些添加劑造成的過敏現象。

醫生說：「我只用塊狀肥皂洗頭洗澡，因爲我信不過超市賣的各種花俏的產品。」「所有的廣告都是賣給你一個美夢，基本都是假的」。醫生的說法讓守禮想起了他的健康課老師說的：「你在身上使用任何產品之前，需要先建立自己的警覺性」「不要相信任何廣告。那些百分之九十的花俏的洗髮精都是賣給百分之十五的有錢人或笨蛋。」

「你使用洗髮精沐浴精，爲的是洗頭或洗皮膚，你只不過想除掉油脂與汗味，塊狀肥皂效果很好。只要你快快沖水，不要讓肥皂泡沫停留在頭髮或皮膚上太久，避免過度洗掉油脂，快快沖水。超市洗髮精的味道不一定是你或你的伴侶喜歡的味道。塊狀肥皂的泡沫與氣味很快就消失。你自己皮膚的味道可能比任何香水味道還好。你只需要洗掉百分之六十油脂與汗味，留下百分之四十在皮膚上。當然，怎麼計算百分之四十眞的不可能，我只不過建議一個比率。商場賣的護膚油脂都比不上你自己的油脂，它們多半是綿羊油或更廉價的油類做成的。沒有人能證明綿羊油比你自己的油脂好。」

醫生說，幾十年前科學家從洗髮精中發現了Paraben（對羥基苯甲酸酯）。添加Paraben可以使洗髮水保持穩定狀態，但它可能會導致乳腺癌。工業蘇打和其他穩定劑也用於製造洗髮精、洗浴精，都會致癌。這就是爲什麼醫生建議不要使用洗髮精、洗浴精。商人賣液體總是比賣香皂更好賺。

在一堂高中課上，老師讓學生們根據重量提出一種好的洗髮水或洗浴肥皂的成分組成建議。秋芬記得她想和守禮的比較：

秋芬的選擇

——60%除油，5%天然香味，35%精油——這是秋芬的選擇

——80%除油，5%除臭，10%人工香料，5%精油——這是守禮的選擇

「如果有一種洗面乳廣告宣傳它可以深入你的毛孔清除油脂，這是很危險的產品。你的毛孔會快速變大，這個過程是無法逆轉的。如果你想要把身體或頭髮洗得非常乾淨，或絕對乾淨，這是一種心裡疾病，或強迫症。」守禮又想起了健康課上面教的，自我控制是很重要的。化工工廠有千百種，總是要剝削你的錢。你才是保護自己的最佳人選。別人不管你的。工廠有千千萬，你的身體只有一個，所以保護自己是很重要的。

守禮想起來爺爺說過的，爺爺的奶奶的事情，距離爺爺的時代大約早五十年。「她跟

我說，多油的臉，洗臉的最好方法是溫水加棉質毛巾，其他什麼都不需要。」所以她七十歲的時候看起來只有四十歲。

手邊的應急藥品

傳家之寶的各種手邊常備藥品可以減輕痛苦或疾病。網上有各種書籍，列出數百種的救急方子。守禮的父母或爺爺這裡或那裡不舒服的時候，他需要學習快速找到救急的方法。有趣的一個解決牙齒痛的方法是使用牙刷「乾刷與濕刷按摩牙齦或牙齒」。方法很簡單：先用清水漱口，清除食物殘渣。然後用牙刷，不加任何其他東西，直接溫柔的按摩牙齦或牙齒，引出唾液，然後吞下你的唾液——這是比較困難的部分，其實不難，只不過初次學習的人需要習慣一下。然後你會發現奇跡發生了，牙痛逐漸減輕，緊張的肌肉放鬆了。減輕牙痛只需要十五分鐘不到。

這個方法看起來驚人，但是如果你明白中醫的理論就不奇怪：牙齦發炎只不過是因爲你「上火」，火氣找尋出口，從牙齦出來。按摩牙齦或牙齒可以導引火氣去別處，也許多喝水可以從流汗或排尿排出來，或者火氣平衡了。某些特殊專用牙刷也許特別有效，但是基本上任何牙刷都有效。如果你想瞭解更多，牙齦上面有一些穴道。按摩牙齦，可以導引火氣流動到其他穴道。還有，唾液本身有非常好的殺菌止痛功能，比你去藥局買的化學藥劑好很多。

這個小妙方幫助了很多牙痛病人，讓牙醫師收入減少很多。還有很多其他的妙方，幫助牙痛的人止痛，不一定要去找牙醫師，但是上面這個方法是最簡單的。唯一的困難是，當你忽然急性牙痛發作的時候，你必須到處找牙刷，或買牙刷，所以最好的辦法是隨身帶一隻乾淨的牙刷，去哪裡都帶著，照顧牙齒。守禮把這個辦法教給他爸爸與爺爺，跟老師教他的一樣。

幾乎任何降火的中藥成藥，譬如板藍根，都能減輕牙痛。中藥店店員可能推薦給你五六種不同的成藥，價格不貴，到處都買得到。其他的救急方法還有：使用溫熱鹽水漱口，用雙氧水漱口，丁香油，或椰子油漱口，都能幫忙止痛。

「沒有人規定你只能在浴室刷牙，你看電視的時候，看報紙或上電腦的時候都可以刷牙。每週一次花五分鐘刷牙，可以保持口腔健康，也就是身體的全面健康。」守禮的父母很驚訝，現在小學教了這麼多東西，是他們未來生活中能用得上的知識。

灰指甲

還有一個問題可以用用過的牙刷解決：灰指甲，這是一種大多數西醫皮膚科醫生無法治癒的手指甲或腳趾甲的頑固的疑難病。其實你只需要每天用舊牙刷刷一次或兩次指甲，直到指甲和皮膚感覺有點熱。已經有中醫師證明和說明，並在電視節目解釋簡單治療方式，然後廣爲人知。

感冒或流感

當你得了感冒或流感時，使用相同的技巧，就能康復：用比較大的刷子沿著手臂上的「肺經」刷你的手臂，就能治好或改善你的症狀。同樣的，中國的醫生證明瞭這一點。

第四十三章　運動明星，影視明星，網紅公害

運動界的明星一般都承擔國家隊的光榮使命，局限在密集訓練營裡面，與外界不接觸。有時候他們有商業贊助單位，受到國家嚴格規範。一般老百姓與年輕人可以去管理良好的運動場，政府鼓勵大衆參與運動，提供各種誘因吸引很多人投入。

影劇明星的個人作風與吸引力受到政府嚴格管控，娘炮與男女同性戀都不能施展。主席不喜歡不正常的孩子，他認爲中國是一個社會主義國家，必須照顧一般人與孩子們。明星們的道德標準要求比較高，與政府官員差不多。緋聞很快就會爆料，網路員警與城市員警緊緊的看著他們。如果有人越線了，馬上要處罰，當地員警也會被處罰。

公害網紅防治

網紅利用網路快速積累財富，必須有固定的住所，每天有當地派出所員警確認是否留在當地，稅捐處爲每一個網紅開立銀行專戶，依照稅法徵稅並且公佈細節，專戶以外的收入或收到的捐贈物品都需要報稅，隱匿報稅依法開罰。每天出現在不同地點的網紅向當地派出所報到，聯繫到原來註冊地的派出所，登記收入與支出，提供報告給稅捐處。

網紅影響大部分的社會各階層人民，對價值觀形成重大破壞，所以必須確定其性質爲「公害」或「無害」或「公益」，依照不同情況由國家特定部門管理，以符合財富平均的原則，避免造成不可控制的傷害。色情網紅很容易辨認，她們被分類爲娼妓類，地方政府列管。她們流竄於各大城市之間，通常由省際員警監督，一般是女警追蹤她們，因爲男員警很難抵抗她們。她們非常漂亮迷人，不是被生活所迫而出賣肉體，而是迷戀快速財富生活，所以需要再教育。

小學裡面的公平競爭

中國歷史幾乎五千年了，公平競爭還是很新鮮的事情。西方人的「公平競爭」需要灌輸給大衆，提倡公平，在體育競賽中可以體現。運動員精神是教導公平競爭的一個好方法。最好是小學開始培養，甚至更早更好。

許多美國電影裡面的打架鏡頭，如果要打架，都是一對一單挑，而不是幾個人打一個人，那樣幾乎是禁止的。每個人都要有公平的機會參與競爭。西部牛仔電影裡面，決鬥的兩個人都有同樣的準備時間，等裁判喊數目。中國人總是期望從不公平決鬥找到機會，譬如有更好的秘密武器，或出其不意的突擊，獲取勝利。日本人偷襲珍珠港而不肯事先宣戰，惹惱了美國大衆，美國人最恨打架不公平，所以立刻對日宣戰。

小學裡面就要教公平競爭，社會大眾有一個問題要解決的時候也須要遵照公平原則。在法院裡面如此，在學校裡面如此，在商業上也是如此，家庭也是如此。每天開車去上班遇到交通堵塞也是如此。如果大家都不相信公平，很快路口就會出現交通打結。小學裡面不教公平競爭，還有哪裡能教呢？越來越多的人相信公平公正的規則，整個國家就走上繁榮的道路。

幾千年前中國的孔夫子說過這樣的話「君子無所爭，必也射乎，揖讓而升，下而飲，其爭也君子」這一句話可以解釋爲中國早期的公平競爭，但是今天已經找不到了。

第四十四章　所有的英語進步發生在使用中，不是在學習中

守禮記得十二年前上小一的時候，英文老師第一個小時根本不教英文，只把他跟旁邊的女同學茱迪講中文的對話錄音放給他聽，他們兩人第一次互相認識，問東問西的。老師錄音的是前半小時大約三十句話。

老師什麼都不教，只說：「同學們大家好，現在上英文課，我是你們的英文老師。今天我們要互相認識。今天不學英文，只要問候你身邊的同伴，互道早安。你要注意禮貌。要有禮貌。不管你是不是喜歡你的同伴，不許說不好聽的話。你們學英語之前，要先學禮貌。你說的話都會被錄音。」每個課桌電腦螢幕有隱藏式麥克風，兩個耳機一條細線連接到電腦。

後半小時，守禮與茱迪能聽見老師錄下的對話，只不過每句話是從他們對話中挑選出來的，而且很奇怪，很好玩，每句話後面跟隨著一個男孩或一個女孩的聲音。這個眞好玩。他們兩個都驚訝著迷。聲音跟他們的聲音很像，但是說的語言守禮與茱迪聽不懂，不知道這個男孩與女孩是誰。

老師照顧二十四個學生，無法對每一個學生花太多時間。「現在我用電腦選擇了你們聊天的部分內容，翻譯成英文，就是每人十句話。我現在再放一次，你們跟著錄音，錄音

暫停時候跟著重複說一次。不需要全部記住，反正日後上課會一直重複。」

每一句話後面有足夠的暫停時間，所以他們能很容易的跟上錄音課程。練習二次以後，螢幕出現英文字幕伴隨聲音出現，所以他們知道寫出來的字對應的是那一句，但是看不懂。

上課結束之前，花兩分鐘教二十六個字母，出現在螢幕上。守禮的媽媽以前教過他一些英文字母，這些字母仍然很有魔力。

守禮在小一的時候，幾乎認不出幾個中文方塊字，無法閱讀教科書，所以他學習寫英文字的時間也是他學著認中文字大致相同的時間。老師說：「不需要記住字母，忘了就忘了。下次我們還會使用它。」

每週五天，每天一小時，守禮與茱迪聊天，然後跟著錄音說英語。他們逐漸認出英文字的整個一串長得什麼樣子，根本不需要拼寫，跟他們記住中文方塊字的過程大致類似。

就是這個方式，中國的孩子們很輕鬆的達到雙語聽說的狀態，只不過英文字好像「毛毛蟲」，而中國字形狀不規則，好像是煎餅，有的是長方形，有的是正方形。他們生活中每天都講中國話，所以不擔心母語被英語取代。讀與寫怎麼辦？老師說：「別傻了，小學不需要讀與寫。」

第一個月，他們互相說什麼，沒有限制。第二個月開始，老師要求他們談自己的週六與周日的日常生活，然後再談週一到週五，用中文說。守禮不知道要說什麼的時候，電腦有幾個問句提示，他可以跟著提示，用中文開始問茱迪：

守禮用中文說：你早餐吃什麼？

（電腦顯示：What did you eat for breakfast?）

茱迪回答中文「啊，啊，我吃饅頭加2個蛋」（dumbbread是中國的饅頭，蒸籠蒸出來的，比較硬，結實）

電腦顯示：「I ate a dumbbread with 2 eggs」

茱迪說：你的襯衣顏色不錯。

英文顯示：Your shirt color is pretty.

守禮說：我媽也這麼說，但是我不喜歡。

電腦顯示：My Mom said that too, but I don't like it.

然後電腦顯示一些問句，從早到晚發生一些什麼事情，週末，然後到平常日，然後放假日與長假期。

所以，日常生活都覆蓋了英語學習。孩子們學會互相談論日常生活，預定每天10個新句子，有時候部分重複以前的句子。英文變成了他們的日常生活一部分。守禮的第二種語言能說得流利，就是這樣打下的基礎，雖然他只能談中國小城市生活，無關英語國家或外國文化。英語是世界語言，無需關聯任何一個國家或文化。它是國際交流的工具。守禮能跟日本人、韓國人、馬來西亞人、德國人、法國人溝通，雖然單字記得不多，無法說很多英語。他總是可以對外國朋友解說中國與他的生活情形。

學英語無需專心，因爲有趣的對話造出很多句子，很快就下課了，孩子們還來不及被其他事情吸引分心。以前許多老師費勁的保持學生的注意力集中，現在不需要了，他可以松一口氣，坐下來，也許喝一杯咖啡，享受讓電腦帶著孩子們上課。（B53）

B53：電腦化的英語課程很重要，因爲它們讓學生可以自由地使用他們正在學習的語言。傳統的英文老師會花時間教學，但不會讓學生有足夠的時間盡可能多地使用該語言。

孩子們也是很大程度上不需要集中精神注意老師說話專心上課，只需要跟著電腦說英語同樣的句子，因爲夥伴說的話他們有興趣，著迷。現在他們不需要注意聽老師說話，以前都是要聽老師說。現在換他們自己說話，也就容易多了。兩歲或三歲的娃娃開始學著說話的時候，父母從來不會要求娃娃注意聽。他們是嬰兒的時候，根本沒人理。

第四十五章　學英文最好的方法就是使用它

守禮的英語老師桌上有一塊木牌子，上面寫著這一句話：

「你所有的進步都是在使用中發生，而不是在學習中。」

要養成說英語的習慣，就跟你學騎腳踏車、游泳一樣。你幾乎每天做同樣的事，不是每週只有一次，因爲這是學會技巧的最好的方法。如果你每天說幾句，很容易就養成說英語的習慣。守禮跟茱娣在手機上輕鬆登入STS（說—翻譯—說）的App，就可以享受說英語聊天，週末隨時可以聊，甚至平常日子也可以，可以跟學校任何人聊，不限於他們班上或同年級。

老師對學生家長解釋說：「我們爲什麼強調開口說？當你說英語，你要組織你單字與聲音的思路，放在一起，讓他們從你的嘴與舌頭順利的流出，聽著自己說的話，是否用字對了，是否發音對了，依照自己的想法。這麼做你就建立正確的字的順序，正確涵義，正確的發音，說出你希望聽者理解的涵義。所以你會自動拼字，無論對錯，自然發音，無論對錯。當你注意聽你的夥伴說話，他說的大部分都在前面上課的時候翻譯過，所以不難懂。多出來的部分隨時可以在手機或電腦上翻譯並且發音。」

孩子們打算找出來那幾個字長什麼樣子的時候，閱讀能力自然自動出現。當你看見同樣的字重複出現，很自然的一眼就認出它。舉例，當你看見這幾個字「a beautiful car」你無需有意識的使勁就能自然認得這個說法，跟你認出一個中文字大致過程是一樣的，只不過容易得多，因爲它是同樣的二十六個字母構成的。至少老師是這麼認定的。

對守禮而言，「a beautiful car」涵義總是多過一輛漂亮汽車。它代表更多的期望，自從有一次他看見秋芬從她媽媽的汽車下來，先伸出一雙長腿。汽車的顏色，廠牌，等等，都讓守禮有一份遐想。就是這樣，守禮在蘇州火車站前面開始注意到秋芬的大長腿。秋芬的媽媽是本地一所大學經濟學教授，一位美麗的女人。他每次看到一輛好看的汽車在附近停車，他就開始幻想，裡面的美女有多美。

老師從來不要求他們寫英文字。老師說：「當你開口說，手機上面就顯示了你說的話。顯示的就是寫的英文字。可是在戶外生活訓練課上，學生要在一張紙上寫出他們要說的內容，紙張包住一個小石頭，丟到小溪對岸給另外一個人，或用彈弓射過去。女生會在紙片上寫很漂亮的字，遞給一個不認識的街上遇到的男生，對他表白。也就是這個原因，中文或英文書法社的女生比男生多。總而言之，小學不要求寫出英語，除非是某些特殊的孩子的團體，譬如參加書法比賽，或者唱歌或詩歌寫出字句。」

第四十六章　說英語的外國爺爺奶奶

以英語爲母語的老師有一些，但是他們教的內容不多，他們只跟孩子聊天。孩子們會模仿母語老師的正確英語。所以老師不必是有資格的，不需要經過培訓的老師。經過訓練的老師，反而會推行他們學的專業，把學英語的過程轉變爲教英語的過程，那就完蛋了。（B54）

B54：他們把學習的過程變成了教書的過程。大多數教師根據西方大學的陳舊學說獲得一個教育學位，並以此作爲教師工作的保證。但這在高效的語言教學學校中是不需要的。學習過程可以設計爲不聘用教師而只聘用電腦軟體（與管理人），加上與母語人士密切接觸，而不是教師。

每個月一次或兩次，跟母語老師聊天的重要的好處是，當他們面對面跟孩子聊天，當他們就在孩子面前說話，距離也許就一米或兩米，孩子們的耳朵與眼睛會仔細觀察，收集母語老師說話的聲音、音調高低、口音、發音特質與老師個人的特殊吸引力，這些特質日後變成孩子們未來的英語的特質，就好像孩子們跟父母學說中國話完全一樣。孩子們當然學會老外的聳肩，手臂或手掌揮舞，手指頭動作，眼光掃描，跟他們說中文動作不一樣。

這些細微的特色可以幫助聽衆更完整的瞭解說話的人，聽到的資訊比寫出來的字要多許多，這些特色在寫字是看不出來的，可以稱爲母語老師說話的「味道」或「土味」，而透過電腦的麥克風耳機這些特色可能就消失大半了。科技複製聲音的方式還沒能夠完全發展到滿意的程度。

爺爺奶奶通常是說話緩慢的人，容易讓孩子們聽懂。他們時間很多，喜歡跟孩子們聊天，所以當學校要找未經培訓的母語老師，他們是可以優先考慮的人選。

第四十七章　人群互相信任與中國語言

文革過去了很多年。歷史改朝換代很多年，各朝代的皇帝殺人無數，人群之間的互信仍然是一個大問題。人群對政府的信任也是問題。如果互信不可能，互信又越來越重要，解決的方法之一就是把所有的事情變成完全清楚，也就是把每一件事情變得絕對簡單自然。然後人群就會開始根據雙方共同的語言創造約定互信遵行，各級政府之間也一樣，老百姓之間也一樣。

你必須先接受而且遵行互相尊重的約定，才能期待對方尊重你，才可以達成一個和諧穩定的社會。規則很簡單，要別人尊重你，你要先尊重別人。

中國與世界許多其他開發中國家一樣，中國人要從頭開始。過去太多年，中國人只服從權利，只怕權利，只尊重權利。家庭教育要求對父母孝順，但是現在孝順也很快的消退了。除此以外，大部分的人不尊重別人，也不明白他們應該尊重別人。這個必須在學校裡面教導。學生要學習創造約定，尊重所有的人。

西方傳教士依照西方的模式，在中國建立各種學校與大學，開始的時候非常好。經過這麼多年以後，各種妥協與退化，大學都腐朽了。如果把整個系統降低到最初的形態，學生們學習使用最原始的語言與社會交談，創造知識與智慧的積累，以便他們在未來的社會能生存。原始的語言很初級，簡單，坦率，幾乎沒有廢話虛假內容。

花俏僵屍語言：中國的虛偽語言

主席下令成立語言委員會，對政府與報紙的語言進行淨化。虛偽是主要的問題。工作方式很簡單，未來所有的官方語言必須是好像父母子女之間說話用的的日常生活用語。過去七十到九十年以來政府與黨的僵化語言，從文革開始，充滿虛偽，現在必須清洗，成為日常生活用語，用在報紙、政治、教學、工程與政府會議裡面。你想說什麼就直說，照實說，不多說，不少說，就好像在豪華餐廳點菜，服務員努力巴結你，你對他正確的說清楚，你這一道菜要怎麼做。

所有的廢話都砍掉。能用九個字，就不要用十個。能用五個字，就不要用六個。電視上面的脫口秀就是很好的例子，說明一般人互相怎麼說話，說得讓大家哈哈大笑。但是他們也使用僵化的說辭來博得觀眾一笑。

在過去，如果你只能照著官員們的說辭來說話，免得出錯，你的詞彙變成很少。由於大部分單字與說辭都被僵化，到了實際採取行動執行命令的時候，你可能搞不清楚命令的正確涵義。鄭州兩千零二十一年722淹大水之前，市委書記交代各級官員，市民生活不可以受洪水影響，所有的公共服務必須保持正常，電力供應不可以中斷，自來水不可以斷供，交通必須保持正常，以至於地鐵駕駛員不能停車，因爲他的辦公室領導沒有下令隧道淹水的時候要把車停在月臺上，結果乘客被卡在隧道裡半路上，望著車窗外面的洪水越來越高，結果變成了災難一場。

地鐵站領導跟駕駛員不說話，駕駛員跟控制中心不說話，駕駛員在地下開車，不知道外面下大雨。

過了幾天，另外一個沿海城市發出洪水預報，領導對地鐵下達明確的命令，駕駛員感覺必要的時候就可以停止地鐵服務。這樣一來，淹大水就不會變成一場災難。這些人終於學會了必須改變說話的方式，而付出的學費是一場災難。這是一個很少見的例子，官員說話說到了重點，該怎麼說就怎麼說。

另外一個例子是中國官員在美國阿拉斯加跟美國外交官開會的時候，用非外交辭令，對美國官員大聲喊叫。他們說中國國力足夠跟美國對抗，至少這是他們心裡想的。他們的喊叫裡面沒有廢話，一個共產黨員一輩子很少有這樣的機會。

機場塔臺導引的用語，是另外一個例子：你的指揮必須非常精確，否則飛機會撞成一堆。

因爲各種奇怪的原因，大學教授百分之九十五說話都是僵屍語言，以至於中國變成了一個泰坦尼克號，船長與船員之間沒有共同語言。溝通的結果永遠不清楚了。官員說話的時候，聽者感覺好像走在空氣墊子的鞋子上，無法腳踏實地，必須猜測說話的涵義。常見的原因如下：

1.對政府歌功頌德，美化國家，誰也不得罪。

2.大部分政府公告經常用這樣的開場白：「爲了進一步推行主席的xxxx命令……」或者「根據主席在二〇二五年十二月十九日會議上的講話……」其實有時候這些話跟後面要說的工作並無直接關聯。

3.官方發言缺少詞彙，過去七十年說的就只有這些詞，除非有新的名詞加入。推理邏輯與文法還是老樣子。

實在太多廢話

另外一個大問題就是不斷重複使用不清不楚的用語，這麼大的一個國家，說同一種語言，結果聽不懂對方說什麼。每一場演講，每一次對話，聊天，或談話，裡面有太多用語。本來十個用語就夠了，大家習慣用一百個，實際上涵義並不清楚。一般人好像不介意自己說話對方是否聽懂他的正確表達的意思。大家在都說話，不聽別人說話。溝通變成比較沒有效率。太多的用語限制了每個人的理解與想像。許多教授與專家們開始理解，太多的用語可能成爲一個問題，被外國敵人利用，所以建議主席要調查這個奇特的現象。非得要主席下命令，中國人才會使用精確的日常用語。

許多專家在臺上演講，說得天花亂墜，六十分鐘的演講，講完了，抓不到重點，什麼都說了，就是說不出重點。濃縮一下，大約就五分鐘的內容吧，這些專家特別能扯。但是主辦方還是需要這些專家來演講，因爲其他人更沒辦法說出一點相關的內容。

乾貨

「這篇文字裡面有乾貨！」

「哎呀，來點乾貨看看吧！」

這些說法在中國的網路語言，廣告，辯論，聊天與通信裡面經常看到。全世界的其他地區沒有這個用法，也沒有這個詞。

虛僞的用語在中國無所不在。廣告充滿了虛僞。有人受雇寫文字推銷什麼，或推銷產品，或者共產主義，或政府命令，或開始攻擊美國人或其他政府，但是他們沒有受過很好的培訓，以至於主要依靠胡思亂想，或用中國話裡面的土話。有時候他們就捏造一些東西。有一次他們捏造了一個假的不存在的瑞士專家，證明美國人創造了COVID-19攻擊中國。沒多久瑞士大使館發表聲明，他們根本沒有那個樣的專家。

如果你沒有足夠的米煮飯喂飽饑餓的人們，你就多加水煮成稀飯，喂飽比較多的人。但是如果你加了太多水，吃了很多稀飯還是會餓。所以，一年到頭大家都要求來點「乾貨」。不要猛加水。過度稀釋的食物就不是乾貨，過度添加廢話的文章就是缺少乾貨。

網路語言說乾貨，指的是有內容的材料。大部分語言都是完全虛僞的，根本沒有乾貨。所以很多人習慣要求「得了，來點乾貨吧」。所以如果你收到別人發給你一篇文章注明「乾貨」也許你會感覺厭惡。除了乾貨，他們本來就不應該發別的空虛的文字給你。

語言猜謎

中國政府公告與溝通使用的語言變得越來越模糊不清而且多層次，說話的人必須非常小心細緻的斟酌添加的調味劑與其影響。聽的人必須比較各種解釋方式與字面的本意，然後得到某一種確認的結論，據以進行下一個分析。大部分人一天一天過日子也沒搞清楚政府說啥。

這個現象其實是很多年前開始的，當時黨內有人要毀滅或打敗對手，但是因爲某種原因，無法或不願意直說。

猜測領導說的涵義變成採取下一步行動的重要步驟。這樣一來，當代中文變成了眞的很難學會的語言。

主席嘗試了幾種方法來解決這個問題。他試圖重置（reset）整個社會，整個國家，但沒有奏效。他試著解救語言，也沒奏效。最後他不得不把整個系統降到最低，就像清理你

的電腦，重新載入你需要的軟體系統一樣，清理所有的垃圾。（B55）

學習第二種語言可以改善客觀判斷，同時提高精確度

中國語言比較圖像化，比較屬於認知語言，容易快速使用抽象語言快速認知各種概念與意識形態與觀念，但是模糊不清。英語與其他西方語言比較屬於分析形式，適合精確的深入說明一種觀念。

B55：主席打算重置整個社會，就好像重置電腦一樣（哦哦，這是一個很大的話題。）。方法就是（一）將句子和措辭限制在主題本身，（二）刪除與主席本人有關的任何陳述。各部門、各分公司、各科室的政府網站上都顯示了該怎麼做。如果你不清楚你需要做什麼，你可能會被開除。

第四部 醫療制度

第四十八章　昂貴無效的醫院

早年中國大部分醫院診療效果不佳或無效，浪費巨量時間金錢，讓病患與家屬背負巨債，逼得他們賣房子，花光銀行存款，還是治不好病患。相對於他們的生活水準而言，他們的醫療費用非常高，很多一部分病患付不出醫療費用，只能等死。

如果病人付不出錢，護士必須拔掉或移除治療的設備。醫院院長是黨指派的，必須保證賺到的利潤達到黨分配的目標。指標分配到各個部門，然後分配到每一位醫生的指標，每一位醫生必須爲醫院賺到足夠的錢。醫院的逐利行爲一直到公醫制度開始實施才結束。

廣州一位美國婦女

廣州街上有一位美國婦女，面對一位老人跌倒，大家旁觀，沒人伸出援手，氣得大聲咒罵。大家不幫老人是因爲怕惹上麻煩要賠錢。任何人想出手幫助老人，老人的家屬可能要出手的人賠錢。任何人幫忙，會被家屬認定幫助的人一定是造成老人跌倒的人，否則不可能出手幫助。有些法院就是這樣認定的。幾乎任何人都明白，街上遇到生病的老人千萬不能出手幫助，否則會惹上官司。這個美國婦女非常勇敢，因爲沒人會告她，因爲她是美國人。

「你們都是禽獸！」她幫助老人，抱住老人流血的頭部，看見旁觀的人不幫忙，她氣得破口大罵。當地一份報紙登出了她在街頭罵人的照片。

（視頻附後）http://tv.sohu.com/20120810/n350370075.shtml

走廊醫師的故事

某醫院一位檢查中心的女醫師拒絕爲昂貴而且沒有必要的檢查單簽字，醫院院長就把她調離開檢查中心，把她的辦公桌從她辦公室移到走廊上。她變成了有名的「走廊醫生」，獲得媒體、群衆與過路人的尊敬。院長跟她說，如果她不肯爲醫院賺錢，院長無法達到黨部分配給他的責任額度。

統統打點滴

一般感冒或疲倦的病患，醫生會安排他們幾十個人坐在一起，坐在一個小房間，接受靜脈注射，多半是葡萄糖水或甚至是抗生素，根本沒必要而且是危險的。病患必須先付錢。醫生自己的孩子絕不接受注射，因爲他知道對身體不好。任何感冒不需要打針吃藥，自己會好，但是醫院需要靠注射賺錢，所以醫生必須開處方注射。

有一家保險公司在社交平臺上設置一個「捐款一元」軟體，請大眾捐錢給需要很多錢住院治療的病人。這個現象表示，政府與雇主提供的保險根本不夠支付醫院費用。太多需要昂貴的醫院治療的人，只能依靠廣大的中國人傳統美德仁愛慈悲的捐獻一元。許多人捐的一元通常可以積累到幾萬元。

第四十九章　主席有辦法

主席有辦法，解決這些問題。

他下令設置學費全免的六十個醫學院，對符合條件的青年學生開放，規定畢業後需要爲公立醫院工作十年。此外，也開發中醫治療，降低醫療費用。非西醫治療方法大幅降低了醫療費用。

每年到了畢業季節，這六十所醫學院加上原有的醫學院，畢業的醫生、護士、藥劑師、醫療技術員、顧問師總共有一百七十萬到兩百九十萬人。

主席下令設置醫療法律委員會，成功的打破了醫院與藥商的利益鏈。醫院不再賣藥，醫生根據病人情況開處方，到街上一般藥店取藥，特殊治療藥品或注射劑除外。主席下令設定薪資水準表，各級醫生的薪資大幅提高，他們的灰色收入也大幅降低。

政府通過一條新的法律，管控醫療糾紛裡面的醫院責任，保護醫院人員。以往因爲醫療糾紛醫院未能救活病人，許多病人家屬攻擊甚至殺害醫生護士。現在家屬被隔離在醫院外，醫院大門口有警衛與X光搜身檢查。

醫療顧問執行很重要的任務，提早警告將要發生的健康疾病（譬如肥胖症）。醫療顧問有處置權力，可以命令將要發生疾病的人採取預防措施，譬如停止吸煙喝酒，體重控制，加上一些列表的非常規治療。預防是最好的治療。

西醫、中醫各種治療理論與方法令人眼花繚亂，醫療顧問指導病患找到最合適的治療方法與醫院。以往，西醫中間有一種說法，建議病患不妨聽取第二個醫生的意見。現在病患可以找到指引，探索第二個、第三個、更多的中醫、印度與西藏醫學、其他的醫療方法。這些方法在網路圖書館也都能找到。（注9）

注9. 西醫與傳統中醫都努力解決病人與家屬的許多問題，也製造了許多問題。大家都必須學習如何改善現狀。孩子感冒了，家長不可以要求醫生加快痊癒的過程。

三十年前的一場驚天動地的全世界範圍的大瘟疫流行，終於改變了大部分人對西醫、製藥廠、保險公司的看法。各國政府大部分開始的時候努力推廣疫苗，也有少部分放棄疫苗，讓群體自然染疫，獲得免疫力。三年的瘟疫大流行結束的時候，各種醫院經歷過的治療記錄證明瞭，匆忙趕出來的緊急授權疫苗有太多的副作用，而且許多副作用的傷害是無法治好的。臺灣的經驗，打了疫苗的人重症死亡的情況超過未打疫苗自然染疫確診或重症死亡的人很多，打了三劑的人死的比兩劑的多，兩劑的人死亡比打一劑的多，總數比未打疫苗染疫重症死亡的人多。

面對緊急的大流行，政府決策人員匆忙挑選了錯誤的方向，雖然不可原諒，但是仍然是可以理解的。全世界的人發現了藥廠控制了政府，控制了媒體，滴水不漏的綁架了全世界的人，才是天大的驚人故事，讓世界上的人都清醒了，不能再讓藥廠控制媒體了。（注11）

中醫治療瘟疫優於西醫

另外一個大發現，中醫的確比西醫有效得多，對付瘟疫能力強很多。中國與臺灣都因爲接受中醫，以至於老百姓獲得很多的有效治療，死亡人數比較少，而西方國家因爲不瞭解或不接受中醫，死亡人數非常驚人。（注12）

注11. 西方國家一大問題就是製藥工業阻礙了醫生與教授把醫學帶上正軌，以致無法保持發展與進步。

注12. 中國最了不起的地方是，幾乎所有的西醫醫生都接觸過一些中醫理論與實務，他們診斷時可以努力保持客觀彈性。製藥工廠想壟斷醫生與病患的健康資訊幾乎不可能，儘管他們的確掌控了醫院大部分銷售管道。西方國家製藥工業能控制大衆傳播媒體，很少獨立的媒體能存活下來提供獨立的檢測報告。就這一方面來說，西方國家病患很悲慘。他們付費遠超過中國的病患，但是治癒的情況不如中國病患，因爲中國有中醫的選項。

大多數人不知道這一點

雖然我們都知道西醫不能治療感冒，他們只能改善症狀，並告訴你請幾天假，多喝水，儘量多睡覺。大多數人不知道中醫可以有效治療感冒或流感患者。西醫說，反正你需要一周的時間才能自行痊癒。沒有立即治癒的藥物。有時後，過一周還是沒好，天知道要多長時間。你我不知道的是，當一個中醫成功地找到了感冒（寒）在體內的位置後，只需要幾天的時間就可以完全治癒感冒。這種對感冒或流感的治療，可以成爲西醫學習中醫的偉大理論的一扇門。（注13）

中國政府綜合了多年經驗，終於確定在小學增加了健康管理課程，鼓勵孩子們學習把脈問診，找到病根。有了人工智慧的協助，醫生的學問逐漸向小學生延伸，向下紮根。你一輩子的健康問題知識，可能需要學習一輩子才能學好，從小學開始，是必須的。對抗美國「大藥廠」，這只是一個開始而已。（B56）

注13. 西方國家一大問題就是製藥工業阻礙了醫生與教授把醫學帶上正軌，以致無法保持發展與進步。

B56：您一生對健康問題的瞭解可能需要一生的學習。生存技能是新一代生活智慧的一部分。所以，孩子從小至少要學會三種選擇，依靠自愈、中藥或標準西藥。如果你打算開車前往偏遠城市，出發之前你會研究地圖，同樣道理，你可能想瞭解，一輩子中可能預見到的問題。大多數人對健康問題平時不感興趣。但是等到看到醫院門口通常爲時已晚。

更多的醫院、醫生、護士、技術員、藥劑師、顧問師

主席下令成立六十所醫學院，對合格的學生完全免費。本來計畫是成立一百二十所醫學院，後來數量減少，因爲沒那麼多合格的老師。醫學院學生每個月有津貼，每日三餐，吃住免費。他們學習的內容包括西醫、傳統中醫、與其他一些醫療方法。爲病患決定正確的醫療方向，不是一件容易的工作。訓練一個好醫生需要很長的時間。有了更多的醫療人員，才能成立更多的醫院。

「醫生的工作不只是一份普通的工作——醫生應該帶著仁慈的心態，竭盡全力幫助病人康復。如果你不能保持這種心態，不管你有多聰明，你都不適合這份工作。」主席已經制定了規則。這條規則在每所醫學院的每一個初級班都教授給學生。

醫療顧問師

病患需要醫療顧問師，討論健康問題，提供指引，去找各種不同的醫院。所有醫院都有醫療顧問回答患者的電話諮詢，線上或電話提供建議。第一優先應該是自我療愈，第

二，除非緊急情況，一般情況可以尋求「非西醫」治療，第三才是西醫常規治療。（注14）

注14. 學校教導孩子們，要依靠自愈，而不是依靠醫院和醫生，除非有必要或緊急情況。自我修復可提高人體免疫力並減少醫療支出。個人和家庭醫療費用高昂的問題，隨著公立醫院制度和良好的醫療保險制度的到來，得到改善。政府通過法律，限制私立醫院的利潤水準。醫生和護士每月參加一次定期培訓課程，以瞭解有關新藥的簡報和有關測試的重要資訊。製藥公司的男女推銷員在醫院走廊裡被人工智慧攝影機識別，除每月簡報外，完全禁止進入醫院。

第一個通則：一般感冒症狀不可以打針吃藥，但是可以考慮一些中醫建議，或喝湯藥。家長不可以要求醫生把子女的治療的速度加快。這也是小學教育的一部分，每個醫生的門上都貼了明顯的標示。醫生必須說服病人，儘量避免吃藥打針，除非必要。病人應該學習自我療愈。任何藥品都有一定的傷害。醫生開藥應付病患的心態，也必須改正。

整個房間很多人吊點滴的時代過去了，因爲公醫制度的推行，醫生沒有盈利的壓力，不會任意讓病患吊點滴，任何吊點滴的記錄都會被複查，一般須要證明有緊急情況需要打吊點滴，所以醫生不會隨意讓病患吊點滴，減少了很多副作用。

第二個通則：你吃什麼，就是生病的主要因素之一。很多年下來，你吃的某種食品，譬如有某些添加劑，多年積累的某些成分，可能造成你今天的疾病。每一個人都有些必須避免的食物，根據自己的經驗來判斷。西醫、中醫、東方或西方民俗裡面有大量的知識，在大健康的平臺裡面，分門別類，病患或家人都能很容易查到，經過學術單位整合而且認證的確定的各種醫療知識。大家都知道吸煙與心血管疾病有密切關聯。許多年輕人不瞭解的是，他們年輕時吸煙，會影響他們年老時候的健康，即使後來戒煙也一樣。醫療顧問在這些問題上提供大量的協助。

醫療顧問師的主要工作是研究中醫大健康諮詢網各種平臺的整合，依照政府提供的方向，對大眾提供各種醫療顧問。除非被要求參與，醫療顧問師不參與實際診斷治療，但是必須收集並且研究治療的效果的大資料，參與分析歸類，完善整個大健康網路組織，同時對全國百姓提供各種指引。

大健康資料是分析歸類寫成的嚴謹的學術報告，綜合提出指引方向，所以比較客觀，究竟哪些疾病適合西醫的哪些方法，哪些適合中醫的哪些方法，盡量避免有門戶之見，徹底結合各種中醫理論與民間積累的醫療智慧，提供病患與家屬在網上查詢的服務。因爲有大資料的支援，中醫西醫雙方都比較不反對。這是中國醫療改革與西方各國醫院系統不一樣的地方，也是中國病患比西方國家病患幸運的優勢。大部分西方國家醫院系統完全不接受或只能小部分接受中醫理論與方法，估計還需要很多年才會明白，他們所謂的「科學方法」就是不接受他們不懂的事情。中醫治癒了大量中國病患仍然無法說服西方醫療機構深入探索中醫理論。

好的醫療應該不是昂貴的

好的醫療不應該是昂貴的。主席下令，各級醫療服務如果太貴，那是政府的錯，政府的任務就是要提供有效的醫療服務，不能超過民衆的負擔能力。所以公醫制度成立了，逐步完善了，若干年下來逐漸趕上了台灣的醫療水準。但是大陸的公醫制度達成了台灣人辦不到的事情，第一是達成了中西醫結合，第二是徹底打敗了美國爲主的「大藥廠」的超級黑社會陰謀。

只有中國共產黨的主席能打敗「大藥廠」

世界上只有中國共產黨的主席能打敗西方的黑社會「大藥廠」的陰謀。大藥廠的黑社會暗殺了一些在西方國家主張反對西醫療法的有名的醫生，但是他們無法暗殺中國共產黨的主席。

許多西方國家是老式的民主國家，很容易被大財團控制，有些很好，有些很差。這些金錢驅動的醫院被大保險公司控制。他們的首要目標是利潤最大化，而不是以低廉合理價格治癒患者。多虧了中國的共產黨政府和臺灣的人工智慧主題黨（第十三章），這兩個國家終於打敗了大藥廠，終於讓醫療有效治癒病患。發起「戰勝癌症黨」的臺灣女士借助人工智慧成功組織大資料，向公衆證明，臺灣西醫醫院對癌症患者的幫助並不優於另類療法組織提供的服務。在中國大陸，主席使用了一個簡單的策略：在西醫診斷病人的同時，下令指定中醫會診。這很容易，因爲中國多年來一直將中西醫結合起來。（注15）

注15. 孩子們必須參與醫院的急診部的志願工作，學會如何避免交通事故，瞭解吸毒造成的傷害，以及最新的毒品危害知識。他們密報可能發生的毒品運送與可疑的校園毒品交易，可以獲得獎勵金。「當你看見或感覺任何可疑的販毒現象，發個照片，短信，或錄音給我們，你可能賺到一筆獎金」這是網路員警與校園守護隊與學生合作的方式。老師經常提醒學生注意班上的運毒現象。

以下是一些中醫理論背景知識：

1. 傳統中醫有一種理論，至少可以提早一年預測瘟疫發生。兩千零三年在廣東發生SARS危機的時候，有詳細記錄。天氣、日曆、五行是傳統中醫很好的一部分，但是一般人不瞭解。
2. 預防是最好的醫療：傳統中醫教導一般人管理自己的健康狀態，可以確保疾病很少出現。心血管疾病可以提前二十年把脈發現，病患可以提早預防。
3. 日常生活醫療家庭經驗，匯總成爲一個醫療照顧的巨大的智慧結晶：譬如夏天吃薑，冬天吃蘿蔔，可以保持良好健康。孩子維持百分之三十饑餓，少穿百分之三十衣服，可以鍛煉他們長得強壯，長得好。民俗智慧各種小妙招編纂成爲浩大的圖書館，隨時可以在網上看到。這些智慧大幅度減少了去就醫的次數。太極拳可以保持老年人與年輕人良好的健康狀態。學校校園的田徑運動是孩子們最佳的鍛煉，但是最好的運動員或職業運動員後來都有許多致命的受傷或疾病，以至於壽命縮短。中國傳統智慧中的功法有幾十種，幾千年來代代相傳，流傳至今，太極拳只是其中之一。他們中的大多數出現在城市的公園裡，但有些僅限於中國弟子學習。

沒有人能解釋，我們爲什麼需要奧林匹克運動會或足球比賽或拳擊比賽，這些活動只不過給觀衆觀看別人打架或競爭的快樂，取代了自古以來的實際戰爭的殺戮，排遣了人類的殺戮的記憶與衝動。與一般人的健康問題毫無關聯。純屬娛樂。運動的功能應該是保持一般人健康良好，減少去醫院次數，但是職業運動員停止比賽以後，看醫生的次數比一般人多，而且有可能提早死亡。

4. 中醫非常適合治療老年疾病、慢性疾病與罕見疾病。一些慢性疾病中醫可以完全治好，但是西醫只能保持症狀不要繼續惡化，或者完全無法治療。高血壓是一個很好的例子：病患不可以單單依賴降血壓藥丸，而是應該參與政府安排的各種功法鍛煉計畫，中國醫療體系這方面安排得很好。每天練習一次這些功法，既簡單又愉快。有十幾種降低血壓的草藥飲料。只有特殊的肥胖症或特殊疾病的病患才允許依賴藥丸。

5.主席下令成立比較醫學研究所，而且要把醫療顧問原理包括在小學課程裡面，讓孩子們從小學習。孩子們從小學習一輩子用到的基本智慧很重要。你自己的健康還不算是智慧問題，那還有什麼才是？學校鼓勵孩子們經歷而且選擇不同的治療理論，建立一輩子的指引。中醫與西醫都自稱是最好的醫療選擇，但是他們是互補的，而且通常可以結合。

6.中國大陸的中醫師絕大部分都有正規的證書，但是還有一些沒有證書的好醫生。主席下令成立委員會幫助衆多的未取得證書的「醫生」用安全的方法行醫，並且對中醫學院學術研究做出貢獻，同時對一些過頭的治療方式做出安全控制。這些「醫生」曾經幫助過千千萬萬被病痛折磨的病患，改善病情，或甚至完全治好，他們的治療方式在醫學院沒有教，在正規中醫界也沒有被接受。他們被稱爲是「密醫」，但是他們經過很多年幫助過很多人，可以成爲另類的治療方法，補足最好的醫院最好的醫生失敗治療過程中的未知的部分。但是，屢次對患者造成傷害，無法治癒患者的「非法醫生」，當然要依法依規予以查處，和定罪。

7.政府可以爲老百姓做的部分是增加設立新的醫學院，增加合格的中醫西醫人數。並不是每一個好學生都能成爲很好的中醫師或西醫師，所以我們需要找到有特別性向與特殊才能的學生，學習診斷與治療。要增加這樣的學生人數，找到特殊才能的學生，最好的方法是從小學開始。這是人類智慧傳遞的過程。

8. 孩子們在孩童時期提早接觸到中醫智慧，至少他學會了不盲目依賴醫院，而是學著自行管理健康問題。大家逐漸形成了一個共同的認知，所有的人應該自行管理健康問題，不要完全依賴醫院。等你被送到醫院的時候，已經太晚了。預防是最好的治療。這是很重要的一課。

9. 牙醫師逐漸減少，因爲病人逐漸減少。孩子們從小學會使用合格的牙醫規定的牙刷，保護牙齒健康，都有很好的牙齒，問題很少。使用牙刷按摩牙齦與牙齒解決了很多問題。這樣做比去看牙醫師容易多了，所以牙齒問題減少了很多。對西醫的牙醫師來說，這是比較新的知識。基礎概念是引出唾液殺菌，解決問題，稱爲「乾式按摩」。

10. 中國大幅度推廣中西醫結合的結果，大部分西醫院的醫生都不排斥中醫，而且都懂一些理論。由於大幅度推廣小學生接觸中醫理論，社會大衆普遍理解中醫理論，中醫治療的各種中藥與方法逐漸普及，藥效標準化，成本大幅下降，降到保險制度能承擔的範圍，西醫的高昂費用逐漸不被病患接受，只限於能負擔的病患接受，大部分低收入的病患多了一個選擇。兒童從小就練習接觸中醫的方法，注意自己的身體健康問題，如果有問題，隨著年齡的增長，他們變成非常熟悉自己的健康問題，成爲自己的最好的醫生。多年積累的經驗與知識對成功治療非常重要。

小朋友大健康

守禮從小就困擾的一個問題是濕疹的問題。因爲他從小習慣性把自己的困擾發表在他參加的小學生濕疹群裡面，發現跟他有同樣困擾的小朋友還不少。醫院的皮膚科醫生需要排隊等很久才能看到，醫生看他的小腿上面與腳底的濕疹不超過一分鐘，飛快的在電腦上面點選了處方，「你繼續用這個軟膏，過二周再回診。」守禮當時就感覺醫生爲什麼不多問問他的情況？後來領藥的時候旁邊的另外一位媽媽對守禮的媽媽說：「看起來醫生也就只有那三種藥，就輪流給你換著開，還不錯，至少還給你換著開，其實那個效果都差不多，不是殺菌就是消炎什麼的。」後來守禮在濕疹群裡面遇到別的小朋友也有類似的問題，找中醫師解決了。到了高中，校園診所顧問說明他的看法，讓守禮感覺比較合理，而且全面。顧問是這樣解釋的：

如果同樣的濕疹發作了，皮膚科的藥抹了就能治好，但是沒多久又發作，證明這個藥膏不是解決問題的方法，沒有找對問題的根源。不斷使用西藥反而造成副作用。

中醫認爲有許多皮膚病是身體健康功能運行的症候，不是病因，如果用西藥把皮膚病治好，等於是把症候堵住，問題沒有解決，最後身體只能把問題留存在身體內部，好比用一個垃圾袋裝起來，存在某一個器官裡面。皮膚濕疹是身體排除無法處理的濕氣，或其他毒素，從皮膚直接排泄，應該是正常現象。實際上西藥的作用是把身體皮膚排泄的問題堵住，讓濕氣無法從皮膚排出，轉移到別的器官，然後讓你去看別科的醫生，當做另外一種病來治療。轉移到別的器官，積累很多年，多半就變成一個腫瘤，需要開刀取出。

身體機能本來就可以把不好的東西逐漸排出。戰爭期間受傷的士兵，有一些身體裡面留存了小金屬碎片，過了許多年，逐漸浮出到皮膚表面，就是一種證明。

中醫師對付皮膚病，多半是調理身體機能，改善皮膚問題，譬如年輕人臉上長痘痘，一般是火氣太旺，身體內部的火氣找尋出口，需要降火。（B57）降火的中藥處方有很多種，單一中藥也有很多種可以降火，但是一般情況需要有經驗的中醫師診斷上火的原因，然後決定合適的降火方式，再決定用什麼方子。一般人不懂中醫，也能選擇單方的中藥或其他辦法降火，從最弱的菊花茶到中等的板藍根，到最強的黃連，都有效。一瓶椰子水也能救急。

B57：上火是身體多處出現火氣過盛的一種很常見的現象。火氣對身體的主要功能很重要，但過多的火氣會引起各種問題，西方醫生對此知之甚少，難以處理。許多傳統的中國功法或中藥、飲食可以改善這些問題，但需要一些時間來學會它們。

也有一些中醫師用推拿的方式，讓火氣轉移到身體的下肢，小腿或腳底，比較容易處理，臉上的痘痘就可以消除。早些年有很多青春男女，尤其是高中或初中期間，臉上發痘痘，塗抹各種藥膏，根本治不好，結果臉上留下坑坑巴巴，成爲一輩子的遺憾。這些問題後來經過學校教導與顧問適當的導引，後來依靠中醫多半都解決了，現在很少見了。

守禮把顧問的說法發表到濕疹群，發現很多人有同樣的看法，而且已經形成一個主流的治療理論，在「大健康」的「中醫皮膚科」平臺看見了很多治療理論，主要還是綜合了五十多年的上百萬個例，從人體的整個機能分析，爲什麼會形成各種皮膚疾病。皮膚與肺是間接關聯的，中醫理論「肺主皮毛」，肺氣不足的問題會影響皮膚健康。中醫的「肺」與西醫解剖學上的「肺臟」有些不同，範圍比較廣。中醫師不排斥在特殊情況下，適度接受西藥，協助改善病患的狀況。

西藥的藥廠繼續開發各種藥膏，皮膚病一擦就好，或者很快就改善，但是病患的症狀不斷的復發，無法斷根。藥廠不斷推出各種新藥，醫生急著讓病患的症狀改善，只能跟著藥廠的路走。中醫從來不主張「快速治癒」。他們只主張「好的治療」。但是有時候他們治癒的速度比西醫還快，尤其是大部分治療感冒的情況很快。西醫對感冒基本上是完全無藥可治。他們只能改善病徵而已。

西藥的理論如果不跟傳統中醫結合，皮膚病是一個無法進步的很普遍的社會問題。許多中醫師相信，如果用藥膏讓某種症狀確實斷根了，更讓人擔心，因爲沒有解決問題，不知道那個問題最後會跑到那個器官上面去，後果更嚴重。（B58）

B58：皮膚科醫生被機關槍槍斃：守禮和皮膚病群組的朋友聊天後做了一個夢。一位年長的成員抱怨西方醫生的做法，很少願意多花時間瞭解每個皮膚病的病人，診斷非常快速，把問題的根源留給其他器官的醫生。他抱怨說，皮膚科醫生應該排好一隊，用機關槍槍斃。「他們從不注意問題的根源，把問題留給其他器官的醫生，最後其他醫生不得不開刀切除這些器官。」

健康管理的四個等級

毛教授介紹的科學界對健康問題的界定，有下列的理論與說法：

第一級：

當你生病時，你去醫院，醫生診斷和治療你的病。你恢復健康，副作用可能有，可能沒有。或者你沒有恢復健康，而且變得更糟。生病就是你發現一個問題，因為問題在體內逐漸形成而出現，你必須去找醫生。（負面的，-10）

第二級：

你遠離不良生活習慣，只吃安全食物或營養食品，遠離任何損害健康的事物，即儘量不給健康帶來危害，但你與疾病鬥爭並非永遠勝利。（略負面，-5）

第三級：

你想方設法保持健康，避免快速變老，你能減緩衰老過程。，疾病在你的體內停止發展。你幾乎不生病。（歸零，0）

第四級：

你學會了一些保持健康和停止衰老的技巧。這些技巧可以在中國古代智慧文獻和經典中找到。（正面，+5）（B59）

B59：四級健康管理：大多數人只知道第一級的知識。有些人努力趕上第二級。他們不知道第三層和第四層的存在。

第五十章　公共住宅

公共住宅房（爲了將來的寶寶們而建）（B60）

B60：未來嬰兒的住房──中國正苦於低出生率。在中國，這是一個問題，就像在其他富裕國家一樣。要麼你身處貧窮國家，有很多孩子，要麼你身處比較富裕的國家，但養不起幾個孩子。勞動力是經濟的基礎，中國正處於缺少勞動力的危機之中。

50-1　土地問題

建設公共住宅房，首先需要土地。共產黨擁有全部的土地。跟香港的寸土寸金相比，國內仍然有大批的空置土地。主席有權利利用這些土地，幫助年輕人建設自己的家，結婚生子。

主席已下令住房部爲普通老百姓提供經濟適用房。目標是協助百分之九十的老百姓在合理的短時間內獲得所需房屋的所有權。如果部長不能保證實現這一目標，他將受到懲罰。他們已聘請國際專家協助部長。

三十年前出售給市民的房屋的高價格包括以下成本：

一、當地政府以非常高的價格出售土地，因爲這是主要財政收入之一。因爲老百姓與工商界交稅90%以上被北京中央政府拿走。地方政府只好靠賣地增加收入。

二、地方政府然後對建商徵收各種稅金或附加稅。

三、建商必須支付多種隱形收費或費用，剩下的才是他們的利潤。

四、銀行賺走了大筆利息與費用。

主席指出，幫助低收入公民擁有自己的房子是黨的承諾，所以上述四類費用必須消除。

這是黨的重要投資，幫年輕人建立自己的家，成就年輕人對黨的忠誠度，同時投資未來的人力供應，發展經濟。偉大的黨主席邁出第一步，把土地免費提供建設公共住宅房。住宅房三十年不得轉讓，三十年到了如果要出售，買主必須對公共住宅房基金會支付一定的土地成本。住宅房房主只擁有房屋，支付土地使用費，土地仍然歸國家擁有。這樣做可以減少未來的所有權轉讓。中國的土地本來就屬於中國的老百姓，收費是爲了減少投機，同時支援日後的服務。

土地既然是免費的，建房沒必要蓋得非常的高，省下了高層建築昂貴投資、快速電梯與電費。也沒有必要建在市區。土地是第一號問題，現在問題解決了。依照不同的地點位置，設計四層無電梯住房、八層單電梯住房與十一層雙電梯住房。

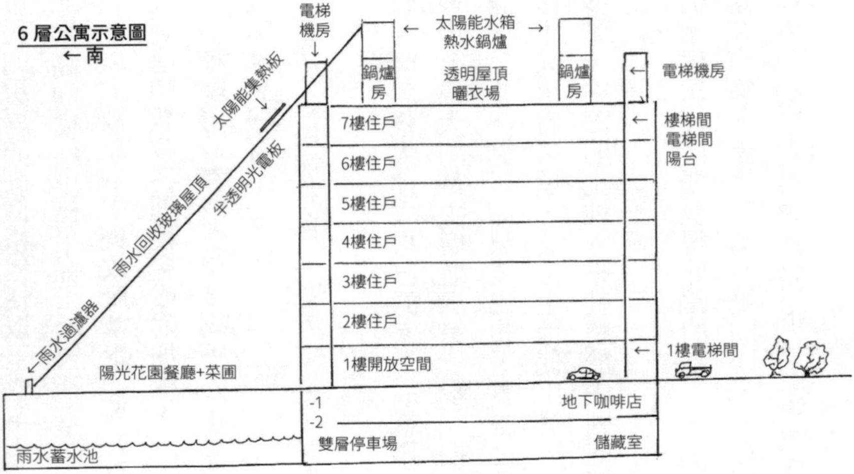
6層公寓示意圖
←南
電梯機房
太陽能水箱
熱水鍋爐
鍋爐房
透明屋頂
曬衣場
鍋爐房
電梯機房
太陽能集熱板
半透明光電板
雨水回收玻璃屋頂
←雨水過濾器
7樓住戶
6樓住戶
5樓住戶
4樓住戶
3樓住戶
2樓住戶
1樓開放空間
樓梯間
電梯間
陽台
1樓電梯間
陽光花園餐廳+菜圃
-1
-2
地下咖啡店
雙層停車場
儲藏室
雨水蓄水池

50-2　建築師、建築經理人

蓋房子也需要建築師，建築師事務所全部都是政府的。問題是主席要建成的房屋有保證耐用一百年的品質，必須節省能源，適合人類居住，所以必須招聘世界級的建築師與建築經理人。全中國公寓房的設計其實都差不多，並不適宜愉快的居住。

政府鼓勵全世界最佳門窗與管道系統生產工廠在中國投資設廠，供應給住宿房專案。國內所有工廠都歡迎參加與外國品牌競爭，條件相同，品質測試方法一樣。（B61）

B61：中國的大多數大樓建築品質問題正在快速惡化，很快就會不適合居住。開發商不願意用好材料維持耐用較長時間。兩年內出現品質問題，維修變得非常頻繁。有些問題在交屋時立即出現。大樓管理不善，居民素質不好，控制不了，使環境品質十分惡劣。你不能指望在一座建築裡住了三十多年，仍然感覺很舒服。

地面層淨空必須維持五到十米高設計方式，預留多用途，依法提供公共用途，地面層不可以有永久性的建築。從南方到北方，設計方式容許有變化，但是基礎的住宿房結構方式不變。遇到極端氣候的時候，超級暴雨可能發生，造成水災，如果地面層淨空五到十米，水災幾乎沒有損害發生。可以規劃小型臨時商店結構，促進有限的小型攤販經濟，由住宿房委員會按照一套規則進行管理。

50-3　農業保留地

每一棟住宿房有六十到八十戶，必須有兩畝地作爲農業保留地（農耕地）以確保食物自給自足。每個家庭分配一小塊地，年輕男女房主帶小孩自己耕種蔬菜。這樣做可以省錢，提供新鮮蔬菜，不需要去商店購買冷凍蔬菜。從農耕地直接到餐桌，而且免費。卡車運送蔬菜的碳排放省下來了。

農耕地有一半面積是溫室有機耕種的永久性設計，禁止使用農藥化肥。溫室屋頂很高，可以在多層高架箱子裡面種蔬菜。溫室內部設計了一個小型的廚房餐飲區。父母可以教小孩怎麼種植蔬菜穀物，讓孩子們瞭解食物怎麼來的。這樣可以培養孩子對土地與對國家的熱愛，同時學會廚藝。因爲有家庭農耕與廚房活動，公共住宿房裡面的離婚率下降了。

秋芬跟著媽媽到一個公共住宅房參觀過。她喜歡西式早餐，陽光照在早餐桌上，住宅房的一樓廚房餐廳四周有很多花草樹木。新鮮現烤出爐的法國麵包，奶油、乳酪，一杯鮮榨果汁，煎蛋，巧克力或蜂蜜，綜合蔬菜，任她挑選。早餐店主人是一對退休夫妻，他們搬來照顧孩子新婚懷孕的媳婦，給他們幫忙。秋芬喜歡跟他們聊天。老夫妻經過幾周時間才適應了住宿房委員會的衛生營養高標準。等寶寶出生了，他們會很忙，可能結束這個店，有新的店主來接手。

食物供應來自二十公里以外的中央廚房，每天早上四點有一台電動貨車送過來，必須提早八小時下單訂貨。套餐早餐五點半鐘開始賣，供應給學生與上班族外帶。到早上十點，另外一組午餐廚房人員過來，在同一個廚房開始供應午餐。（B62）

B62：食品安全在中國一直是一個嚴重的問題。中央廚房有助於提高安全標準，教導食品店在操作中遵守嚴格的規則，嚴格控制服務水準。它們還顯著降低了食品店的成本，提高了利潤。它們可以保持不同風格和種類食物的多樣性，滿足更多客戶。

溫室有一個向南面巨大的半透明三十到四十五度斜屋頂，可以使用光伏發電，而且供應太陽能熱水，同時收集雨水，供應灌溉用水與住宿房沖廁與洗車用水。這樣設計可以達成能源自給自足。電力供應無法達到完全自給自足，但是太陽能熱水幾乎是全年完全自給自足。溫室可以幫助減低能源消耗。溫室有地下水庫收集新鮮的過濾乾淨雨水，提供灌溉。地下空間有一部分保留了做成垂直花園與小瀑布。因爲有一個餐廳經理，花園自然就保持了乾淨漂亮。

住宿房有農耕地，表示蔬菜供應幾乎沒有碳足跡。左鄰右舍把多餘的蔬菜水果標明價格，方便交換。食物浪費減低到最少。農耕地的設計保證了家庭戶外活動有更多空間。廚餘埋在地下幾個月，變成肥料，地塊可以輪替使用。

寵物垃圾區的設置可以幫助處理寵物垃圾。未能訓練寵物使用寵物垃圾區排泄物處理設施的寵物主人，必須付費給公寓委員會聘請的服務商，讓他們提供服務。（B63）

B63：寵物垃圾處理系統設計：

狗和貓主人訓練它們去不同的沙區排便，一天一次或幾次。沙箱自動翻動並篩出固體。此外，另外有服務公司可以上門更換沙子進行處理和清潔。清潔區域可用於寵物的溫水淋浴和吹風機以可吹乾毛。雨水收集起來供寵物飲用，據說比自來水好。

50-4 建材、建築機械、工程的資金來源

政府提供貸款支付建材與建築機械費用，總金額占總預算一小部分。建材依據國際標準，公開透明，每一個人都可以參與監督，保證建材品質符合標準。

早年的政府建築專案公司擁有大量建築機械，現在他們可以以出租的方式支援住宿房工程需要。政府建築專案公司的機操作人員可以低價支援現場，因爲他們是政府的單位。他們也要支援培訓新人使用機械。

爲了降低建築費用，建築工程採用國際標公開招標，投標的營造商門檻比較低，鼓勵小型營造商參與各地的公共住宅工程，政府提供預付款，用很嚴格的管理方式保證信譽良好的營造商，要求以較低的利潤長期與政府配合，達到很高的工程品質。原來承攬政府全部工程的各地的工程局都無法參與，因爲他們無法低價承攬，無法降低成本，無法保證工期與施工品質的要求。

50-5 勞動力

年輕男女可以報名參加工地勞力工作，在專案裡面登記，接受他們選擇的工作種類的基本培訓，依照他們勞動的小時數目來支付他們爲自己建造的房屋的房價。如果勞動的總小時數不足以支付房價，剩下的部分可以分期付款，條件是他們需要有正規工作，能保證他們在規定的時間內付清餘款。他們已經完成的勞動部分，可以當做保證。一般公共住宅房建築完工時間大約十二到二十四個月。住宅房三十年內不得抵押，不得出售，但是在不同城市或跨省交換是可以的。價格差距可以補足，報給住宅房委員會，做成記錄與統計。

年輕男女可以選擇靠近他們父母居住的城市附近的公共住宅房專案，將來他們的寶寶需要照顧的時候方便請父母幫忙。（B64）這樣安排也可以幫助他們下決心要生寶寶。住宅房的規劃有助於發展小型城市，有利於人口重新分佈。以往的超級巨大城市使得生活成本升高到沒有必要的程度，現在都消減了。

B64：大部分中國父母都願意免費幫忙照顧孫輩，讓這對年輕夫婦可以打工賺更多的錢養活自己。有些父母還爲年輕夫婦提供購買房屋的資金。有些年輕一代不介意父母以不同的方式照顧孩子。

當年輕男女參與用自己的手建設自己的家，他們親眼看見建材品質達到國際標準，房子至少能住一百年，也就是他們的下一代也能在這個房子裡面住一輩子。所以建材品質要求以耐用百年，維修保養簡單容易，不容易磨損，爲第一要求。

住宿房的品質問題一般屬於下列幾類：

門把，門鎖，窗戶栓子，玻璃窗，窗框，百葉窗，紗窗，門，窗，門框

地磚，地板

馬桶水箱配件，熱水器，廚房排水管與龍頭

排水管道系統

燈具

室內採暖系統

配管與管道

牆壁與地板漏水
雜訊，空氣品質
電梯

50-6 交通，房屋增修，管理

公共住宅房的規劃包含了低價公共交通與腳踏車，解決交通問題。有良好的經營人才，規劃良好，這些規劃都是自行付費支付成本的。政府貸款也很重要。住宅房與環境的管理與長期增修有法律明文規定。住宅房委員會自行決定環境維護的一般原則，包括垃圾收集與處理。

業餘的志工司機可以開著住宅管理公司的小卡車幫助新搬來的居民搬進搬出傢俱物品的工作。打算搬家的家庭只需要付每公里一個很低的價錢，依照司機過去的記錄挑選司機。這樣的安排有助於鄰居之間培養友誼與互相信任，也有助於犯罪率控制。如果需要大型卡車，還是可以隨時找專業的搬家公司。

第五十一章　公共出租房（公租房）

中國以往有很多空置的公寓，面積很小，沒有維護。根據專業顧問的建議，主席下令國際不動產管理公司依照BOT條件來管理，讓他們投資修繕更新，或者拆除重建，政府補貼成本，然後負責出租。租戶必須在公租房一公里內有正規工作，才有資格租房，或跟別人一起合租。租金控制在一個基本水準，讓低收入市民租得起。基本水準是以管理公司建議的數字爲基礎，他們也必須提出計畫，包括付給政府一個總金額租金，或者提交給政府取得財務補助。

大部分通勤族可以在上下班走路範圍內找到一間公租房，尖峰時段的交通流量大幅度下降了。租金基本水準每年評估一次，適度的解決了最尖銳的通勤問題。低收入的通勤族得到主席的幫助，能夠找到好的工作，幾乎不需要花錢通勤，對主席簡直是崇拜。企業單位有更多的選擇，可以找到努力工作的職工。空氣污染與交通擁堵大幅度改善了。這麼多好處，只不過是通過一個小小的公開招標，找到國際管理公司，解決問題。最重要的是，通勤族幾乎不需要花時間通勤了，有更多的時間在一個健康的情況下工作或學習，提高了總體的生產力與GDP，讓下一代可以養退休的上一代。年輕人睡眠時間多了，有效工作時間多了，生活壓力減低了，創造了全社會的和諧（B65）。國家租賃委員會操作一個平臺，通勤者可以在該平臺上登記他們的工作地點，以便電腦立即顯示城市中的最佳位置以創建出租宿舍。

B65：人數超多的大群通勤者，一大早在中國幾百個城市穿梭，這是驚人的狀態。許多通勤者每天早上在公共交通系統中花費超過一小時或二小時。他們大部分時間沒有座位，只能站著。

公租房逐漸增多，全國總租金平均數下降到一個比較合理的水準，越來越多的人開始理解，買房不如租房，不管你現在幾歲。中國多年積累的苦難，人與人之間尖銳競爭，一代與一代之間的摩擦與衝突獲得很大的舒緩。加上同一個人擁有多戶房屋交稅逐漸提高，讓他們想賣房，一直讓房價逐年下降。主席的「住房不炒」命令逐漸達成了。

老舊公寓與老舊政府辦公樓被拆除，取代的是逐漸出現的高度節能的出租大樓，容納更多的通勤族，一直到尖峰通勤情況大幅度改善爲止。建築師也要設計小樓，解決問題。後來低價出租樓需求逐漸減少了，部分可以出租給街邊攤販，他們沒有穩定的工作，如果依照先前的條件他們是無法申請租房的。大部分年輕夫妻能夠在公租房附近找到工作，市區的結婚與嬰兒出生率上升到了新高點。政府的都市更新計畫提供了一個不錯的市場，讓很多小公司願意參與競爭，因爲政府付款條件比較好，而且付款有保證。過去很長一段時間他們最大的困難就是承包了工作收不到工程款，或者無法依照合約收到工程款全額。

第五十二章　養兒成本

養小孩的成本包括下列幾項：

一、教育費用（見第一章：北大上海校區），對大部分養孩子沒錢付教育費用的夫妻來說，幾乎降低到完全免費。主要的原則是，好的教育不應該是昂貴的。昂貴的教育類別，大部分對國家沒用，有時候是有害的。國家應該禁止他們。小量的特殊學生，爲了國家的榮譽養著的，可以進入特殊的學校，跟動物園或孵化場一樣養著。

二、生活風氣應該嚴格控制。政府努力創造社會價值體系，應該不停的查稅與量測，讓富人炫富受到打擊。大衆傳播媒體與網路娛樂必須加強力度壓抑奢華生活風氣，鼓勵正常的快樂人生，對抗超級富豪。媒體與網路不允許報導富人生活。中國是「社會主義國家」。

三、黨決定一切。如果你炫富，你會損失慘重，或鋃鐺入獄。中國警方揭發不正當的富人太高的生活水準會得到獎金。朝鮮的金正恩能做的，中國領導人也能做。你在家裡可以有豪華汽車，但是不能上路，否則每天都自找麻煩。黨決定什麼事情對社會大衆有好處，黨的決定總是成功的。女生可以塗口紅，穿漂亮衣服，但是過分的穿著太昂貴的衣服是不夠聰明的。你可以穿得很漂亮，但是如果炫耀衣服的價格，就需要交稅，可能比衣服還貴。

四、食物、營養、服裝

政府出錢，學校伙食房每週供應七頓午餐，必須提供足夠營養喂飽孩子們，如果他們需要，可以多拿一份帶回家。星期六星期天只要提早訂餐，伙食房仍然提供午餐，比較少份。週末上課人數少，但是週末運動與藝術活動很多。

中國不是貧窮國家。爲了有長得高大健壯的年輕人，當然可以支付午餐費用，什麼代價都不算貴。實際情況是，只要伙食房管得好，優良的伙食從來也不貴。

學生的標準制服全部免費供應。中國是一個紡織成衣工業大國。戶外活動外出服也是免費供應的範圍，包括各種牛仔褲，保證適合戶外活動大量磨損。

五、住房（第五十章，第五十一章）

新一代的政府住房計畫，在事先規劃好的土地上，有序建成永久性的房屋，耐用一百年，完全解決年輕人的住房問題。因爲工作而必須住在市區的年輕人，可以選擇公共出租房。國家投入的資金很少，短短十年，解決了多年積累的各種問題，只不過巧妙的運用了公開招標的技巧。

在中國，住房曾經是一個非常病態的市場。很多人支付了非常高的價格，但無法按時得到他們的公寓，或者永遠無法得到他們的公寓。買了房子的人花大價錢修房子，支付樓宇管理費，很快房子的價値就因爲街區環境的惡化而下降。

毛教授的結論

毛教授面前的酒杯空了，今天喝了2大杯紅酒，興致很高，說了很多話。楊守禮難得約到吳秋芬來到自己家裡，參加父親跟毛教授高談闊論，天南地北的精彩聊天。

春光無限好，往事總如煙。五千年的中國歷史，歷朝歷代的興衰，好像是過眼雲煙。年輕男女結婚生子，是家庭的延續，是一個國家的基礎。養兒成本的高漲，是最近幾十年的新話題。中國歷史上好像從來沒人談，養小孩還要考慮是不是費用很高。人口總數統計，各朝代的基礎都不一樣，有些朝代只能統計中原地區，所以遇到天然災難，人口減少到很低，也沒人問生小孩養小孩的成本。

毛教授說，最近三十年來，中國經歷了各種不同的變化，無論政治、文化、教育、醫療、福利、外貿、軍事、科技等方方面面都有很大的進展，當然也有很多的不理想的、失敗的演變。今天聊到的部分是最基礎的部分，其他的部分上上下下好好壞壞各種的變化，我們控制不了，只要這些基礎部分持續進行，中國還是在進步的路上，打破了歷史上各個朝代興衰的循環，持續的發展，成爲偉大的新中國。

國家圖書館出版品預行編目資料

香格里拉美麗新台灣／柳東南著.　--初版.--臺中市：白象文化事業有限公司，2023.9
　面；　公分
ISBN 978-626-364-083-2（平裝）
1.CST: 言論集
078　　　　112010926

香格里拉美麗新台灣

作　　者　柳東南
校　　對　柳東南
發 行 人　張輝潭
出版發行　白象文化事業有限公司
　　　　　412台中市大里區科技路1號8樓之2（台中軟體園區）
　　　　　出版專線：（04）2496-5995　　傳真：（04）2496-9901
　　　　　401台中市東區和平街228巷44號（經銷部）
　　　　　購書專線：（04）2220-8589　　傳真：（04）2220-8505
專案主編　李婕
出版編印　林榮威、陳逸儒、黃麗穎、水邊、陳媁婷、李婕
設計創意　張禮南、何佳諠
經紀企劃　張輝潭、徐錦淳
經銷推廣　李莉吟、莊博亞、劉育姍、林政泓
行銷宣傳　黃姿虹、沈若瑜
營運管理　林金郎、曾千熏
印　　刷　基盛印刷工場
初版一刷　2023年9月
定　　價　300元